Nie wieder Weihnachten?

Bibliografische Information der Deutschen Nationalbibliothek
Die Deutsche Nationalbibliothek verzeichnet diese Publikation
in der Deutschen Nationalbibliografie;
detaillierte bibliografische Daten sind im Internet über
http://dnb.d-nb.de abrufbar.

© 2015 arsEdition GmbH, Friedrichstr. 9, D-80801 München
Alle Rechte vorbehalten
Text: Frank M. Reifenberg, vermittelt durch die Literaturagentur Arteaga,
München
Textlektorat: Svenja Hoffmann
Umschlaggestaltung: Grafisches Atelier arsEdition unter Verwendung einer
Illustration von Maja Bohn
Innenillustrationen: Maja Bohn

ISBN 978-3-8458-0596-2

www.arsedition.de

Frank Maria Reifenberg

Nie wieder Weihnachten?

Mit Illustrationen von Maja Bohn

arsEdition

Inhalt

Für Hanna und Paul

✳ ✳ ✳

Schon seit alten Zeiten findet die weihnachtliche Bescherung in dem einen Land an diesem und in dem anderen an jenem Tag statt. Nicht immer sind es der Weihnachtsmann oder das Christkind, die am 24. Dezember die Geschenke bringen.

Überall wird die Zeit vor und nach Weihnachten anders begangen. Es sind ganz unterschiedliche Gestalten, die umhergehen, um Licht und Freude in die Dunkelheit der Winterzeit zu tragen.

In Russland warten die Kinder am Tag der Heiligen Drei Könige, dem 6. Januar, auf Väterchen Frost und seine Enkelin, genannt Schneeflöckchen. In Schweden freuen sich schon am 13. Dezember alle auf Santa Lucia mit dem Kerzenkranz auf dem Kopf und ihrem leckeren Gebäck, dem Lussekatter, im Korb. Zu Weihnachten kommt dort dann der Jultomte.

In Italien bringt gar eine leibhaftige Hexe, Befana, die Gaben. Vor den dreizehn Jólasveinar, den isländischen Weihnachtsgesellen, kann man sich fast schon ein wenig fürchten. In den Alpenländern begleiten schaurig aussehende Krampusse den Nikolaus. In Deutschland ist es meist der Knecht Ruprecht.

Der finnische Joulupukki schwebt im Schlitten mit den Rentieren heran und befehligt ein wahres Heer an Wichteln, die ihm helfen. In Holland kommt Sinterklaas mit seinem Gehilfen, dem Zwarten Piet, auf einem Boot gefahren.

Aber nicht überall und nicht zu allen Zeiten waren diese Weihnachtsmächte gern gesehen, und immer wieder passierte es, dass man ihnen an den Kragen wollte. So bestimmte vor mehr als dreihundert Jahren der Fürst des Landes, seine Boten sollten an alle seine Untertanen einen Beschluss verkünden.

Er war an all jene gerichtet, die sich als Christkind oder Nikolaus verkleideten und damit unschuldige Kinder davon überzeugen wollten, sie seien ein fester und wahrer Bestandteil der Weihnachtszeit. Der Fürst sah es als seine Pflicht an, sein Volk vor diesen Personen zu schützen, und verbot allen bei Strafe, so etwas zu veranstalten.

Der Erlass der Fürsten bedeutete nichts anderes als die Abschaffung des Weihnachtsfestes. Wer sollte denn nun unterscheiden, welche Gestalten die tatsächlichen, die echten und allein berechtigten Boten der Weihnacht waren? Am Ende würde vielleicht der einzig wahre Nikolaus von den Wachen des Fürsten in Haft genommen oder das Christkind in den Kerker geworfen!

Schnell rief man die große Versammlung der Weihnachtsmächte ein, um zu beraten, was gegen den Beschluss des Fürsten zu tun sei. Eine Abordnung des Rates unter der Führung des heiligen Nikolaus begab sich zum Herrn des Landes und nach einer langen Verhandlung konnte dieser umgestimmt werden.

Zur Bedingung machte der Fürst jedoch, dass der Rat der Weihnachtsmächte Regeln aufstellte, wer an welchem Ort und zu welcher Zeit die Menschen besuchen und die Kinder bescheren dürfte. Voraussetzung war aber, dass die Mehrheit des Volkes auch wirklich an diese Mächte der Weihnachtszeit glauben sollte.

Ungefähr 300 Jahre später

Erstes Kapitel,

in dem Sam einen Plan schmiedet,
der ihr Bauchkribbeln verursacht

✳ ✳ ✳

Sam stand am Fenster im ersten Stock des Hauses und schaute auf den Vorgarten hinab. Das Rentiergespann mit dem Schlitten tauchte alles in ein gelbes Licht. Es bestand aus unzähligen Glühbirnchen, von denen zwei flackerten. Genau die an der dicken Nase des Weihnachtsmannes, der den Schlitten lenkte.

Ein Weihnachtsmann mit Flackernase war eigentlich ein bisschen peinlich, fand Sam. Manchmal erloschen die Glühbirnen auch vollständig, dann hatte der Weihnachtsmann ein dunkles Loch statt einer Nase.

Im Moment interessierte sich Sam aber nicht für den Weihnachtsmann. Wichtiger war, dass ihre Mama endlich ging. Jeden Moment musste sie unten aus der Haustür treten, sich kurz zu Sam herumdrehen, ihr einen Handkuss zuwerfen und einen schnellen Blick auf die Uhr werfen. Wahrscheinlich würde sie dann »Oh Gott, schon so spät!« seufzen.

Ihre Mama sagte so etwas ständig. Es war immer schon zu spät oder schon zu knapp.

Sobald Sams Mutter in ihren hohen Stiefeln und dem langen karierten Wollmantel in der Dunkelheit verschwin-

11

den würde, konnte es losgehen. Viel Zeit blieb Sam nicht, weil Selina, die auf Sam aufpasste, spätestens um sechs Uhr kam. Jede Minute, die ihre Mama zu spät ging und Selina zu früh kam, verringerte Sams Chancen.

Sam spürte, dass es in ihrem Bauch schon ein bisschen kribbelte. Verbotene Dinge zu tun, war immer ein bisschen besser, als erlaubte Dinge zu tun. Mit August, dem Pony, durch den Stadtwald zu reiten, war toll. Wenn keiner hinschaute, den schmalen Weg zu der kleinen Brücke zu nehmen – obwohl dort auf einem Schild KEIN REITWEG stand –, war toller.

Verbotene Dinge zu tun, die zudem ein klitzekleines bisschen gefährlich waren, war am tollsten. Eben weil es so schön im Bauch kribbelte.

Wo bleibt Mama nur?, dachte Sam. Sie musste doch spätestens um fünf Uhr ihren Dienst im Krankenhaus antreten.

Der schmale Weg bis zum Gartentor versank schon wieder im frischen Schnee, der seit zwei Tagen ununterbrochen in dicken Flocken vom Himmel rieselte. Links und rechts vom Gartentor türmte er sich bereits zu großen Haufen. Herr Butenkamp hatte vor einer Stunde geschippt und geschippt, aber gegen so viel Schnee kam sogar Herr Butenkamp nicht an. »Jahrhundertwinter, ich sag's dir, ein Jahrhundertwinter«, hatte er immer wieder geschnauft. Herr Butenkamp sprach oft mit sich selbst, während er im Sommer Unkraut jätete, im Herbst Laub rechte oder im Winter den Schnee schippte. Meistens beschwerte er sich darüber, dass früher alles besser gewesen sei.

»Ist doch alles nix mehr wert, das ganze Weihnachten und so«, hatte er nachmittags noch gemosert. »Fest der Liebe und des Friedens? Ha! Ich sag's dir, es geht nur noch um Geld und Geschenke! Ha! Eine einzige Hetzerei, und am Ende sind alle froh, wenn es vorbei ist.«

Was nun an Geschenken so schlecht sein sollte, wusste Sam nicht genau. Eigentlich fand sie die Wochen vor dem großen Fest ganz gemütlich, auch wenn ihre Mutter beim großen Plätzchenbacken jedes Jahr ein Riesenchaos verursachte und am Ende das Weihnachtsgebäck in der Konditorei kaufte.

»Du stellst mir keine Dummheiten an?«, hörte Sam plötzlich eine Stimme hinter sich.

Sam zuckte zusammen. Das Kribbeln verschwand schlagartig. Es machte einem leichten Brennen an den Ohren Platz, das Sam immer bekam, wenn sie sich über etwas aufregte, vor etwas fürchtete oder wenn ihr jemand einen Schreck einjagte.

Mama hatte ihr gerade einen Schreck eingejagt. Und wie. Wenn man in Gedanken Dinge tat, die man besser nicht tun sollte, fühlte man sich tatsächlich irgendwie ertappt.

»Hab ich dich erschreckt, Spätzchen?«, fragte Sams Mutter.

Sam drehte sich langsam um.

Ihre Mama stand in der Zimmertür und knöpfte sich den Mantel bis zum Kragen zu. Dann wiederholte sie zum mindestens sechsten Mal, dass Selina den Geigenunterricht wegen des Weihnachtskonzerts heute auf keinen Fall früher verlassen könne, aber dass sie sich beeile und dass sie spätestens …

»… um sechs Uhr hier ist!«, vollendete Sam den Satz. »Mama, ich bin kein Baby mehr. Ich brauche sowieso keine Babysitterin mehr!«

»Aber *ich* brauche eine Babysitterin«, sagte ihre Mama. »Ich komme sonst um vor Sorge und dann bin ich abgelenkt, und *zack* ist ein Finger ab. Oder mehr.« Sie lachte.

Sams Mama war Ärztin im Sankt-Maria-und-Josef-Krankenhaus. In der Spätschicht musste sie aber gar keine Leute operieren, höchstens im Notfall, da konnte sie nicht *zack* aus Versehen etwas abschneiden oder falsch zusammennähen. Außerdem war ihr das noch nie passiert, sie machte nur gerne solche sonderbaren Witze.

»Du kommst zu spät, Mama!«, ermahnte Sam sie in genau dem Tonfall, den ihre Mutter morgens vor der Schule anschlug, wenn Sam trödelte.

»Also hör mal!« Ihre Mutter tat so, als sei sie sehr empört. »Das hört sich an, als wolltest du mich loswerden!« Sie drückte Sam an sich.

Stimmt ja auch, dachte Sam und erwiderte die Umarmung. »Natürlich nicht!«, flötete sie.

Zwei Minuten später hörte Sam, wie die Haustür ins Schloss fiel. Endlich stapfte ihre Mutter durch den Schnee und verschwand nach links um die Ecke, wo sich ein paar Hundert Meter weiter die Bushaltestelle befand.

Sam rannte hinunter ins Erdgeschoss. Auf den letzten Stufen stolperte sie fast über die Pakete, die sich dort stapelten. Ein älterer Herr mit einem breiten Grinsen strahlte sie von jedem einzelnen der knallblauen Päckchen an und versprach in einer Sprechblase: HIER DRIN IST DAS GLÜCK ODER DU SCHICKST ES ZURÜCK. REY ZEBOS MACHT'S MÖGLICH. Auf anderen Paketen stand KOMM NACH ZEBOZONIEN – DAS LAND DER UNBEGRENZTEN MÖGLICHKEITEN! oder HEUTE GEWÜNSCHT, GESTERN GEBRACHT: ZEBOS MACHT KINDERTRÄUME WAHR – VERSANDKOSTENFREI. In der Weihnachtszeit war auf die Kartons immer eine rote Schleife aufgedruckt, so als sei jedes der Pakete ein Geschenk. Sams Mutter bestellte alles, aber auch wirklich alles, bei dem Versandhaus.

»Man zwängt sich nicht in zu enge Umkleidekabinen, steht nicht in der endlosen Schlange an der Kasse an und kann alles wieder zurückschicken«, schwärmte sie. »Kostenlos.« Allerdings stand sie dann oft auf der Post Schlange mit all den Leuten, die ebenfalls knallblaue Pakete zurück an Mister Zebos nach Zebozonien senden wollten.

Sam nahm den Haustürschlüssel vom Haken neben der Küchentür und schloss damit von innen ab. *Sicher ist sicher*, dachte sie.

Einen Moment blieb ihr Blick an der getigerten Katze hängen, die dafür sorgen sollte, dass Sam den Schlüssel nicht aus Versehen im Durcheinander ihrer Schultasche verwuselte. Das aus Holz geschnitzte Tier, das an einer dicken Kordel hing, schaute Sam an. Die Katze hatte zwei Gesichter, ein freundliches und ein biestiges. Wenn man sie schnell genug drehte, wirkte es manchmal, als lache sie einen aus, ein anderes Mal drohte sie, oder man meinte, sie wolle einen vor etwas warnen.

Sam guckte schnell weg. Eine Holzkatze mit Schlüssel konnte sie vor gar nichts warnen, so ein Quatsch!

Sie flitzte immer zwei Stufen auf einmal nehmend zurück ins obere Stockwerk.

Zweites Kapitel,

in dem auch jemand einen Plan hat – einen richtig schlimmen!

✳ ✳ ✳

Das Mädchen sah, wie die Hexe eine Kurve drehte und dann mit etwas zu viel Schwung auf dem Kopfsteinpflaster des Hofes landete. Einer der Knechte wollte den Besen der Hexe nehmen, um ihn in den Stall zu den Rentieren und den Pferden aus den Gespannen der anderen zu stellen. Die Hexe Befana beäugte den Kerl misstrauisch, dann schüttelte sie den Kopf und rückte den Besen nicht heraus.

Wie üblich traf die alte hässliche Frau als Erste ein.

Seit Befana an diesem verhängnisvollen Tag vor vielen Jahren nicht auf den Hirten gehört hatte, peinigte sie die Angst, zu spät zu kommen. Sie hatte damals den Stern übersehen, der ihr den Weg zum Jesuskind zeigen sollte, war nicht sofort aufgebrochen und hatte das wichtigste Ereignis der nächsten zweitausend Jahre verpasst.

Das Mädchen verachtete die Hexe. Befana ritt auf einem Besen. Schmutzig war sie zudem.

Doch die Kinder liebten die Hexe. Was allerdings kein Wunder war, schließlich verteilte sie Geschenke, nur um ihr Missgeschick wiedergutzumachen. Wenn es nach dem Mädchen gegangen wäre, hätte man ihr schon lange den Zugang zur Ratsversammlung verbieten sollen.

Glücklicherweise glaubten nur die Kinder in Italien an die Alte.

»Meine liebste Befana!«, begrüßte das Mädchen die Hexe überschwänglich.

»Ich bin nicht deine Liebste!«, blaffte die knarzige Frau. »Ich hoffe, du hast gute Gründe für deinen Alarm. Wir haben in dieser Zeit alle viel zu tun und kaum einer von uns hat es so gut wie du in deinem Palast hier.«

»Du übertreibst, ein *Palast* ist es nun wirklich nicht. Außerdem weißt du zu gut, wie sehr ich hier leide«, säuselte das Mädchen. Es versuchte, eine bemitleidenswerte Miene aufzusetzen.

Hufklappern und Stimmengewirr drangen aus dem Schacht, den die Mitglieder des Rates der Weihnachtsmächte für eine schnelle und unauffällige Anreise nutzten. Die Ankunft der anderen kam dem Mädchen gerade recht. Mehr als ein paar Sätze konnte es mit Befana nicht wechseln. Ihre Unterhaltungen endeten immer in einem heftigen Streit.

Das Mädchen winkte einen der vielen glatzköpfigen Diener herbei, die sich sonst unauffällig im Hintergrund hielten. Er trug eine schwarze Uniform.

»Geleite Befana zu ihrem Platz, Boreslav«, befahl das Mädchen einem von ihnen.

Befana war ihm nicht geheuer. Das Mädchen wusste nicht, ob sie Ärger machen würde, ob die Alte sogar gegen den Plan aufbegehrte, den es so listig geschmiedet hatte.

»Oh, da kommen schon die Nächsten!«, rief das Mädchen und ließ Befana einfach stehen.

Klackernde Schritte erregten jetzt die Aufmerksamkeit aller. Sie wurden gefolgt von einem Schnauben und Grunzen: Einer der österreichischen Gesandten stand in der Tür.

Beim Anblick von Herrn Kramp aus Österreich schreckte das Mädchen jedes Mal zusammen. Der Krampus hatte sichtlichen Spaß daran, wobei er doch eigentlich ein grundguter Geselle war. Fast keiner verstand das Kauderwelsch, das er sprach. Das hatte er mit den Perchten, mit dem Zwarten Piet, mit Knecht Ruprecht und den anderen Helfern der Weihnachtsmänner gemeinsam. Sie waren einfache, treue Gesellen, die man jedoch nicht reizen durfte.

Der behaarte Kerl mit seiner furchterregenden Fratze und den blank polierten Hörnern schien geradewegs der Hölle entstiegen zu sein. Das Mädchen pflegte einen engen Kontakt zu Herrn Kramp, denn er war mit ein paar Komplimenten leicht um den Finger zu wickeln.

Die Kobolde und Wichtel aus den Nordländern lärmten durch den Sitzungssaal, der alte Hirte aus Chile schlug mit seinem Stab aus verwachsenem Eichenholz nach ihnen.

Joulupukki, der finnische Weihnachtsmann, verlangte wieder einen eigenen Stall für seine Rentiere, sie verstünden sich einfach nicht mit anderen Gespannen, behauptete er.

Endlich rauschte auch Väterchen Frost, der Großfürst aus Russland, mit seiner etwas hochnäsigen Enkelin, genannt *Snegurotschka,* herein. Die beiden brachten in Russland in der Neujahrsnacht die Geschenke. Wo die beiden gingen oder standen, hinterließen sie mal ein paar Eiskristalle, mal eine ganz Schneewehe, mindestens jedoch überzog sich der Stuhl, auf dem sie saßen, mit Raureif.

Väterchen Frost war ein eitler Kerl, der dauernd seinen Rauschebart strich und ein wichtiges Gesicht machte. Man munkelte, der Bart sei mittels künstlicher Verlängerungen ein bisschen aufgemöbelt worden. Natürlich nahm er den Platz gleich zur Rechten des Mädchens ein, sehr zu dessen Leid, weil er so viel Kälte hereintrug.

Als alle saßen, räusperte sich das Mädchen und sagte: »Hiermit eröffne ich die …«

Das Geplapper, Getuschel und Gelächter am Tisch hallte weiter durch den hohen Raum.

Das Mädchen räusperte sich noch einmal, wieder schenkte ihm niemand Aufmerksamkeit.

»Nun gut, wie ihr wollt«, murmelte es und ließ seine Finger ganz langsam zu dem kleinen Werkzeug zu seiner Linken wandern.

Mit einer schnellen Bewegung griff es zu, und schon knallte das Hämmerchen aus Ebenholz auf den Klotz, der vor ihm auf dem Tisch stand. Er wies bereits einige Vertiefungen auf. Die Sitzungen des Rates verliefen meistens turbulent, sodass der Hammer oft auf das Holzstück niedersausen musste.

»Ich eröffne die erste außerordentliche Sitzung des Großen Rates der Weihnachtsmächte«, sprach das Mädchen. »Ein einziger Tagesordnungspunkt steht zur Abstimmung.«

Die Hexe Befana tockerte mit dem Stil ihres Besens auf die kalten Marmorfliesen des Sitzungssaals. »Da haben wir ja noch einmal Glück gehabt. Ich bin ein bisschen spät dran, ihr wisst schon. Ich bin für alles, Hauptsache, ich komme hier schnell wieder raus.«

»Sehr schön«, sagte das Mädchen. Dabei glitzerten seine grünen Augen. Es strich sich die Haare, die an das Fell einer Füchsin erinnerten, aus dem Gesicht und verkündete: »Ich stelle den Antrag auf die endgültige und sofortige Abschaffung des Weihnachtsfests.«

Drittes Kapitel,

in dem sich Sam verbotenerweise
auf die Suche macht und selbst gefunden wird

* * *

Im ersten Stock angekommen, ließ Sam ihr Zimmer links
liegen. Zielstrebig näherte sie sich im Halbdunkel des Flurs
einer anderen Tür. Sie stolperte über einen Pantoffel, den
sie eben in der Eile verloren hatte, umkurvte das hölzerne Karussellpferd mit dem Brett auf dem Rücken, an dem
wiederum ein Spiegel befestigt war. Es diente als Garderobe und manchmal auch als Schminkspiegel, wenn Sam das
Badezimmer besetzt hielt und ihre Mutter es eilig hatte.

Sam hielt inne.

Da war etwas. Im Spiegel. Oder war es das Pferd? Hatte
es geschnaubt oder die Ohren verdreht? Sie bewegte sich
langsam rückwärts und schaute in den Spiegel.

Nichts.

Sam sah nur sich in der glatten Fläche. Die Holzohren
des Schimmels standen starr nach vorne gerichtet. Vielleicht spielte die Aufregung Sam einen Streich, denn sie
spürte, seit sie unten die Tür verschlossen hatte, wieder
das Kribbeln im Bauch, und das wurde mit jedem Schritt
zum Schlafzimmer ihrer Eltern heftiger.

Wenn ihre Mutter etwas vergessen hatte? Und zurückkam? Das war totaler Blödsinn. Mama kam bestimmt nicht

zurück, und Papa hielt in Toronto einen Vortrag über die Vorteile einer bestimmten Sorte kleiner Schrauben, die viel besser waren als andere kleine Schrauben, wenn man Maschinen zur Herstellung von großen Schrauben bauen wollte. Toronto lag in Kanada, und Kanada lag ungefähr zehntausend Kilometer weit weg.

Auf keinen Fall konnte Sam heute erwischt werden. Sam schob die Tür langsam Zentimeter für Zentimeter auf.

Vor Weihnachten nach den Geschenken zu suchen, darauf stand die Höchststrafe. Wenn sie erwischt wurde, war Weihnachten gelaufen. Das wusste Sam, weil ihrer Mutter genau das einmal passiert war. Großmutter Sophie hatte das komplette Fest ausfallen lassen und sämtliche Geschenke an ein Heim für Waisenkinder gegeben. Da war Sams Mama ungefähr so alt gewesen wie Sam heute.

»Der Apfel fällt nicht weit vom Stamm«, sagte Mama ziemlich oft, was heißen sollte, dass Sam ihrer Mama ziemlich ähnlich war. Und das stimmte.

Sam hatte nicht nur die strohblonden Haare und die wasserblauen Augen von ihr geerbt, sondern auch die etwas zu kurzen Beine, das Muttermal neben dem linken Ohr und den Sturkopf. Wenn sie sich etwas vorgenommen hatten, machten sie es, egal, was passierte. Tochter wie Mutter.

Also zog Sam zuerst die Vorhänge aus rotem Samt zu. Sie warf noch einmal einen Blick nach draußen. Tagsüber konnte man die Bushaltestelle von hier aus sehen, aber jetzt reichte der Blick nicht einmal mehr bis in den Garten. Das Schneegestöber war noch dichter geworden, sogar der blinkende Leuchtstern drüben im Fenster der Nachbarn war kaum noch zu erkennen.

Umso besser!, dachte Sam.

Die Vorhänge waren so dick und schwer, dass kaum Licht nach außen dringen konnte. Wenn Sam nur die kleine Nachttischlampe anmachte, würde man von der Straße aus nichts sehen.

Im schwachen Schein des Lichtes suchte Sam zuerst die Stellen ab, an denen sie bestimmt nichts finden würde; trotzdem wollte sie auf Nummer sicher gehen.

Unterm Bett waren sie bestimmt nicht. Die Kommode mit den bunten Schals und den Sommerhüten in den unteren Schubladen war viel zu schmal. Eher im großen Kleiderschrank, der die gesamte rechte Seite neben dem Doppelbett bis hoch an die Decke einnahm: Papas gestärkte Hemden, die Sammlung tausendfach gestreifter Krawatten; die Fächer mit der Unterwäsche, Mamas Kleider, Mäntel, die sie schon ewig nicht mehr trug, aber nicht weggeben konnte; die drei großen Bretter mit Wollpullovern und Strickjacken; mächtige Schubladen mit Socken und Unterhosen, Schwimmzeug und in einer Papas Sammlung von Fußballtrikots, die er aber schon seit Langem nicht benutzte. Sein größter Stolz war ein Trikot in Schwarz und Weiß, das einem Fußballer gehört hatte, der genau wie Papa hieß und in Papas Geburtsjahr Weltmeister geworden war.

Genau dort hatte Sam im letzten Jahr das kleine Kästchen aus hellbraunem Holz gefunden. Es war mit einem dunkelrot schimmernden Stoff ausgelegt gewesen, auf dem die goldene Kette mit dem Hufeisen besonders schön geglitzert hatte.

Sams Weihnachtsgeschenk. Ihr innigster Wunsch war in Erfüllung gegangen. Die Kette hatte ganz weit oben auf ihrem Wunschzettel gestanden. Mama bestand darauf, dass ein Wunschzettel geschrieben und in den Kasten am Zaun hinten im Garten versteckt wurde.

Das war natürlich totaler Kinderkram. Sam wusste genau, dass Mama selbst den Zettel holte und am nächsten Tag behauptete, die Weihnachtselfen hätten ihn gefunden und zum Christkind gebracht.

In diesem Jahr würde sie nicht zwischen dem Fußballtrikot von diesem Müller fündig, das wusste sie. Sam strich alles wieder schön glatt. Sie achtete genau darauf, dass kein einziges Teil verrückt, zerknittert oder durcheinander zurückblieb. Das merkte ihre Mutter sofort, und wenn sie erst einmal einen Verdacht hatte, würde sie Sam so lange ausquetschen, bis sie alles zugab. Bisher waren ihre Eltern Sam jedoch nie auf die Schliche gekommen.

»Wo könnten sie es versteckt haben?«, murmelte Sam.

Sie hatte wirklich alles durchsucht. Sie warf sich noch einmal auf den Boden und schaute unter das Bett. Sie kroch sogar darunter, bis ihr Kopf und ihre Schultern fast verschwanden. Aber da war nichts.

»Mist«, fluchte sie laut. Sie kniff die Augen zu und trommelte vor Ärger mit den Fäusten auf den weichen Teppichboden ein.

»Suchst du etwas?«, hörte sie plötzlich eine Stimme hinter sich.

»Autsch«, war Sams Antwort. Vor Schreck war sie mit dem Kopf gegen den Lattenrost gestoßen.

Sie war aufgeflogen. Sie überlegte noch, ob ihr irgendeine Erklärung einfallen würde, warum sie mit dem Kopf und den Armen unter dem Bett ihrer Eltern steckte. Letztes Jahr hätte Sam noch behaupten können, dass sie Maxi retten wollte. Aber Maxi war längst im Meerschweinchen-Himmel.

Viertes Kapitel,

in dem das Mädchen seinen bösen Plan
in die Tat umsetzen möchte

❊ ❊ ❊

Das Mädchen hatte mit einem Tumult gerechnet, mit Geschrei und Stühlen, die umkippten, mit Gläsern, die über den Tisch geschleudert wurden, und mit Tränen.

Die fast schon beängstigende Stille in dem großen Saal überraschte es. Nicht weil dem Mädchen irgendetwas Furcht einflößen konnte, da gab es nicht viel. Es wurde jedoch vorsichtig, wenn Leute nicht so reagierten, wie es das erwartet hatte. Dann musste man aufpassen.

Das Schweigen wurde nur vom Knistern und Knacken der Holzscheite im Kamin durchbrochen und von den Stiefelchen der finnischen Wichtel, die nie ruhig sitzen konnten. Ihr Chef, der rotwangige Joulupukki, gab seiner Frau Joulumuori ein Zeichen. Sie goss in den Silberbecher, den er ihr hinhielt, einen ordentlichen Schuss Glögi, den finnischen Weihnachtspunsch.

»Sonst noch wer ohne Stärkung?«, fragte er gut gelaunt.

Diese gute Laune war nur gespielt, das spürte das Mädchen.

Aus allen Richtungen reckten sich der Frau von Joulupukki die Hände mit Gläsern und Kelchen entgegen.

»Joulchen, bitte, eine Runde für alle!«, sagte der Finne.

Nur das Mädchen rührte sich nicht. Es saß still in seinem hochgeschlossenen Pelzmantel da.

Das Schlürfen und Schlabbern rund um den Tisch überhörte es einfach. Besonders Knecht Ruprecht sabberte sich den verfilzten Bart voll.

Oh, bald bin ich dieses ganze Gesindel los, dachte das Mädchen. *Wie ich mich darauf freue!*

Es war alles so einfach, so wahnsinnig einfach. Die Dokumente auf dem Tisch waren unanfechtbar. Es musste sich nur auf den elften Absatz des vierunddreißigsten Zusatzartikels der Weihnachtsverfassung berufen. Eine Abstimmung war eigentlich gar nicht nötig. Es würde automatisch passieren. Die Zahlen sprachen für sich. Weihnachten hatte ausgedient.

»Gemäß Absatz elf des vierunddrei-«

Joulupukki unterbrach das Mädchen. »Jetzt also noch einmal ganz langsam und zum Mitschreiben«, brummte er.

Er war meistens der Wortführer der großen Gruppe der Weihnachtsmänner. Schließlich hatte man sich schon vor einiger Zeit darauf verständigt, dass sein sonderbarer Berg in Finnland, der aussah wie ein Ohr, als offizieller Wohnort des Weihnachtsmannes anerkannt wurde.

»Du willst dieses von allen geliebte Fest abschaffen?«

»Absatz elf des vier-«

»Mit allem Drum und Dran?« Wieder fiel Joulupukki dem Mädchen ins Wort.

Dieser dicke, rotwangige Kerl aus Korvatunturi ging dem Mädchen schon lange auf die Nerven, aber es sollte nun besser ruhig bleiben.

Wenn alles vorbei ist, sperre ich dich in die engste Kammer dieses Hauses, dachte das Mädchen, presste jedoch die Lippen aufeinander.

»Lucia soll also ihre Lussekatter an die Schweine verfüttern und die Kerzen gar nicht erst anzünden?«, fuhr Joulupukki fort.

Die junge Frau aus Schweden zuckte zusammen, als sie ihren Namen hörte. Sie trug ein langes weißes Gewand. Der Lichterkranz auf ihrem Kopf flackerte. »Wo sie doch so lecker geworden sind«, sagte Lucia mit einem Blick in die Runde. Sie öffnete die Blechdose und bot der Hexe Befana von dem Safrangebäck an.

Lucias Lussekatter

150 g Butter, 50 ml Milch,
3 Päckchen Safran, 50 g Hefe,
½ TL Salz, 125 g Zucker, 850 g Mehl,
½ Tasse gewaschene Rosinen,
½ Tasse gehackte Mandeln

Die Butter zerlassen, dann die Milch erwärmen.
Die 3 Päckchen Safran und 1 Prise Zucker in einem
kleinen Teil der erwärmten Milch auflösen.
In eine Rührschüssel gibt man die zerkleinerte Hefe;
die erwärmte Milch unter Rühren zugeben, bis die Hefe
sich aufgelöst hat. Nun die Butter sowie die zuvor hergestellte
Safranlösung zugeben und gut verrühren.
Danach Zucker und Salz unterrühren.

Zum Schluss das durchgesiebte Mehl zugegeben. Den Teig
gut durchkneten. Die Rosinen und Mandeln einarbeiten.
Den Teig zugedeckt 45 Minuten an einem warmen Ort
gehen lassen. Danach wieder gut durchkneten.

Nun lange Stangen rollen und zu einem S formen.
Je 2 S kreuzweise aufeinanderlegen und die Enden andrücken.
In die Mulden Rosinen geben und mit geschlagenem Eigelb
bepinseln.
Auf ein gefettetes und mit Mehl bestäubtes Backblech legen.
Bei 225 – 240 Grad ca. 7 – 10 Minuten backen.
Das Gebäck auf dem Backblech abkühlen lassen.

»Was sagst du dazu, Sinterklaas? Du hast doch die Boote sicher schon vollgeladen?« Bei diesen Worten kicherte Joulupukki.

Dass Sinterklaas die Geschenke über die holländischen Grachten und Flüsschen mit dem Kahn brachte, sorgte bei den anderen, die mit Rentiergespannen unterwegs waren, immer wieder für Erheiterung. Sinterklaas' Gehilfe, der Zwarte Piet, grunzte wütend, blieb aber auf ein Zeichen seines Herrn an seinem Platz hinter dem Armsessel stehen.

»Kann'sch noch Punsch bisschen«, mischte sich Knecht Ruprecht ein. Niemand beachtete ihn.

Der Holländer wandte sich direkt an das Mädchen: »Haben wir das richtig verstanden? Nie wieder Weihnachten? Ein für alle Mal?«

Das Mädchen nickte.

Nun brach doch ein Wirbelsturm der Entrüstung los.

Herr Kramp vergaß sich völlig und sprang auf. Er rannte mit vorgestrecktem Kopf los, stieß Urschreie aus, die noch nie jemand gehört hatte, und rammte aus vollem Lauf seine Hörner in die schwere Eichentür der Halle.

Schneeflöckchen, die Enkelin von Väterchen Frost, stob auf und machte ihrem Namen alle Ehre. Vor lauter Aufregung setzte sie einen kleinen Schneesturm in Gang.

Ein paar Santas aus Südamerika sprangen auf ihre Stühle und fuchtelten mit den Armen. Die Wichtel kletterten den riesigen Weihnachtsbaum hinauf. Bunte Kugeln fielen hinab und zerbarsten, Strohsterne zerknickten und die grün und rot karierten Schleifen lösten sich auf. Ein Glück war, dass noch niemand die Kerzen angezündet hatte.

Das Mädchen schlug mit dem Hämmerchen auf den Tisch vor sich. »Ruhe!«, kreischte es immer wieder. »Ruhe! RUHE!«

Nach ein paar Minuten kehrte endlich Ruhe ein.

»Also, meine Liebste«, sagte die Hexe Befana langsam und verzog beim Wort *Liebste* gequält das Gesicht. »Um was geht es denn genau in diesem Zusatzdingsbums-Absatz zur Verfassung. Du wirst doch nicht allen Ernstes behaupten, darin stünde, dass man Weihnachten so einfach abschaffen kann?«

Das Mädchen sortierte die Blätter vor sich, blätterte in der Weihnachtsverfassung und räusperte sich. Dann legte es so viel Zuckerguss in seine Stimme, wie es ihm möglich war:

»Wir *müssen* sogar. Meine Lieben, ich *weiß*, dass dies für uns alle eine schreckliche Nachricht ist. Wir haben uns schon so lange nicht mehr mit den Paragrafen unseres großen Festes beschäftigt, aber dort sind alle wichtigen Fragen für uns geregelt, und wir sind verpflichtet, uns den Gesetzen zu unterwerfen. Was würde passieren, wenn ausgerechnet wir, die wir für Liebe, Frieden und für Gerechtigkeit auf dieser Welt stehen, uns über die Regeln hinwegsetzten?«

Dem Mädchen gefielen die eigenen Worte sehr. Es fing schon an, sich selbst zu glauben.

»Komm zur Sache«, knurrte Joulupukki.

»Dann darf ich noch einmal auf den elften Absatz des vierunddreißigsten Zusatzartikels der Weihnachtsverfassung aus dem Jahre 57 der neuen Zeitrechnung hinweisen.«

Das Mädchen pochte auf das dicke Buch, in dem die Weihnachtsverfassung mit all ihren Regeln niedergeschrieben stand. Es räusperte sich noch einmal und kipp-

32

te erneut einen ordentlichen Schuss Zuckerguss in seine Stimme.

»Als vor dreihundert Jahren der fürstliche Erlass zur Abschaffung von Weihnachten erging, konnten wir das nur verhindern, indem wir die strikte Einhaltung der Regeln garantierten.« Es zog ein altes Dokument hervor, dessen Papier schon braun vergilbt war und trocken knisterte. »*... weil nun die Adventszeit und das Weihnachtsfest sich mit großen Schritten nähern, missbrauchen wieder leidige Schurken diese Zeit, um sich zu vermummen, und so verkleiden sie sich als Christkindlein oder als Nikolaus und andere Gestalten ...*«, las das Mädchen vor. »Ich darf darauf hinweisen, dass wir eine solche Situation schon wieder haben. Wie vielen Weihnachtsmännern ein Kind allein in einem Einkaufszentrum begegnet!«, entrüstete es sich.

»Aber da könnten wir vielleicht noch ein Auge zudrücken. Zur Bedingung wurde damals jedoch gemacht, dass immer mehr als die Hälfte der Kinder an die wahren Weihnachtsmächte glaubt.«

Fast alle schauten ratlos drein.

Père Noël, der den Kindern schon am 6. Dezember die Geschenke brachte, hatte bisher trotz des Tumults vor sich hin gedöst. Jetzt meldete er sich zu Wort. »Madame la Présidente, isch 'abe leidärr nischt ... comprends ...«, der Franzose suchte nach dem Wort, »... verschtandän!«

»Herrschaftszeiten, kurz und knapp: Wenn nicht mehr genug Kinder an das Christkind oder den Weihnachtsmann glauben, wird die ganze Sache einfach abgeschafft«, sagte Joulupukki. Er schlug mit seinem Gehstock auf den

Tisch. »Das heißt es.«

»Wir liegen in diesem Jahr bei 49,98 Prozent«, fügte das Mädchen noch hinzu, allerdings war seine Stimme nun so hart wie vertrocknete Makronen aus dem vergangenen Jahr. Es schlug die Augen nieder und ließ das Kinn auf die Brust sinken. Ein lauter Seufzer drang aus seiner Kehle. Als es den Kopf hob, blitzten seine smaragdgrünen Augen vor kalter Begeisterung.

»Aber darüber müssen wir doch sicher abstimmen?«, fragte die Hexe Befana.

»Nein, das müssen wir nicht«, säuselte das Mädchen. »Es müssen nur drei vertretungsberechtigte Vollmitglieder der Versammlung das Dokument unterschreiben. Ich habe alles vorbereitet.«

Es zog eine Rolle aus schwerem, handgeschöpftem Papier hervor. Mit geschwungenen Buchstaben hatte es die Worte von einem der besten Schriftkünstler der Welt aufzeichnen lassen. Ganz unten war sehr viel Platz für die Unterschriften und das Siegelwachs.

Das Mädchen hatte sich darauf eingestellt, dass sich viele der Anwesenden keineswegs ohne Widerstand in den Ruhestand abschieben lassen würden. Der alte Hirte – der Viejito Pascuero, wie er in Chile genannt wurde – war seines Amtes schon lange müde, er würde sicher unterschreiben. Über andere hatte das Mädchen ein paar unangenehme Informationen gesammelt, auch diese würden nicht viel Ärger machen.

Es gab aber auch einige, die sich widersetzen würden, allen voran Joulupukki oder Befana, die beide ihren Job liebten. Trotzdem würde die Sache in wenigen Stunden erledigt sein, dessen war sich das Mädchen ganz gewiss. Und dann war die Bahn frei. »Schreiten wir zur Tat?«, fragte das Mädchen in die vor sich hin plappernde Runde.

»Nein!«, ertönte es tief und kratzig von der zweiflügeligen Eingangstür.

Alle drehten sich herum. Der Nikolaus stand dort.

»Wenn ich mich recht entsinne, muss die Versammlung vollzählig sein, um einen solchen Beschluss zu fassen, und mindestens eine Person fehlt noch, nicht wahr, Knecht Ruprecht?«, wandte er sich an seinen Gehilfen.

Der mürrische, schmutzige Geselle hatte wohl unbemerkt die Halle verlassen und seinen Herrn geholt. Jetzt nickte der Knecht und nuschelte: »Denkt euch 'sch hab dat Chris'kind gsehn, kam aus 'm Wald, dat Mützchen voll Schnee …«

Fünftes Kapitel,

in dem sechs Zehen und rätselhafte
Spuren im Schnee eine Rolle spielen

✳ ✳ ✳

Sam robbte langsam rückwärts unter dem Bett hervor. Als Erstes sah sie ein Paar Füße, von denen der rechte in einer grauen Wollsocke steckte, die am dicken Zeh mit grünen und an der Ferse mit gelben Fäden gestopft worden war.

Sam atmete auf.

Das war nicht Selina und schon gar nicht ihre Mutter. Eigentlich kannte Sam nur eine Person mit gestrickten und gestopften Socken, die nicht zueinanderpassten. Den zweiten Fuß schmückte ein wahres Meisterwerk der Strickkunst. Die Socke war blau mit einem weißen und roten Muster aus Girlanden und Schneeflocken, allerdings klaffte am kleinen Zeh ein großes Loch, das noch niemand gestopft hatte und auch niemand je stopfen würde. Das wusste Sam.

Alle Socken von Wanja hatten links dieses Loch, wegen der Freiheit, wie Wanja behauptete. Er verfügte am linken Fuß über einen Extrazeh. Zum Glück war es nicht ein zweiter großer Zeh oder ein zweiter Mittelzeh, das hätte sehr störend sein können. Neben dem kleinen Zeh gab es bei Wanja noch den kleinen Kleinzeh. Gerade dieser Zeh brauchte viel Freiheit, deshalb das Loch.

»Machst wohl gerrrade etwas, was du gar necht machen solltest«, sagte Wanja.

Er stammte aus Russland, was man seiner Aussprache ein kleines bisschen anhörte. Das R rollte er und die Vokale purzelten manchmal ein wenig durcheinander.

»Wo kommst du denn so plötzlich her?«, gab Sam zurück. In unangenehmen Situationen war eine Gegenfrage immer gut.

»Draußen vom Walde komm ich her …«, sagte Wanja. Er kicherte. Das Gedicht hatte er gerade für die Schule auswendig gelernt.

»Quatsch«, sagte Sam. »Die Haustür war abgeschlossen. Und geklingelt hast du auch nicht. Das nennt man *einbrechen*, wenn man trotzdem reinkommt.«

»Und das, was du da tust, nennt man *heimlich Weihnachtsgeschenke suchen*«, erwiderte Wanja. »Außerdem war die Hintertür nicht abgeschlossen.«

»Kannst du gar nicht wissen. Vielleicht ist Maxi abgehauen und –«

»Maxi ist längst im Meerschweinchen-Himmel.« Wanja grinste. »Du weißt doch wohl, welche Strafe auf Weihnachtsgeschenke suchen steht?«

»Keine Weihnachtsgeschenke. Weiß ich. Aber nur, wenn man erwischt wird.«

»Ich hab dich erwischt.«

Sam stand auf, stemmte die Fäuste in die Seiten und schaute Wanja fest in die Augen. Bei jedem Wort stapfte Sam einen Schritt vor und drückte Wanja rückwärts aus dem Schlafzimmer ihrer Eltern.

»Du … russischer … Möchtegern-Rübezahl … willst … mich … doch … nicht … verraten?«

Wanja grinste noch breiter. »Neiiiiin, ganz bestimmt nicht.« Er schüttelte übertrieben heftig den Kopf. »Wenn du mich mit dem Spiel von deinem Papa spielen lässt …«

»Das ist Erpressung!«, rief Sam.

Sie lachte, schubste Wanja zur Seite, und keine zwei Minuten später saßen beide im Wohnzimmer und Sam hatte die Playstation gestartet.

Wanja lebte bei seiner Großtante Agnes Wolke am unteren Ende der Straße. Er war ein wirklich armer Kerl, fand Sam. Im Haus von Frau Wolke gab es keinen Fernseher, von Playstation oder einem Laptop ganz zu schweigen. Nicht einmal ein Handy besaß Wanjas Oma. Sie telefonierte mit einem klobigen Ding an einer Schnur, auf dem man die Nummer nicht eintippte, sondern mit einer Scheibe wählte, in die man den Finger steckte und sie dann drehte.

Sam brauchte gar nicht zu fragen, welches Spiel Wanja sich wünschte. Er wollte wieder einmal Trolle befreien.

Wanja hielt sich für einen entfernten Verwandten einer Familie von Trollen, die vor zweihundert Jahren aus der Gegend von Narvik in Norwegen in die Gegend von Murmansk in Russland ausgewandert waren. Seine Familienzugehörigkeit erkannte man an den sechs Zehen. Daher kam wohl auch die Sache mit der Freiheit für die Zehen und den Löchern in den Strümpfen.

Im ersten Level des Videospiels, das Wanja besonders mochte, mussten die in Midgard gefangenen Trolle befreit werden. Dazu musste man die richtigen Kombinationen von Schlüsseln und Schlössern finden.

Mit dem zweiten Level begann die Flucht über eine endlose verschlungene Rutsche, um zurück nach Utgard, der Heimat der Trolle, zu kommen. Das war fast wie ein Autorennen und der Teil, der Wanja besonders gut gefiel. Während des Spiels rutschten ihm oft irgendwelche russischen Wörter raus, deren Bedeutung er Sam aber nie erklärte.

Sie spielten, bis Wanja rülpste.

»Hoppla«, sagte Wanja.

Das bedeutete allerdings nicht, dass er sich schämte oder gar entschuldigen wollte. Er rülpste nämlich nicht nach, sondern vor dem Essen. »Ist eine alte Sitte in Trollfamilien. Zeigt, dass dringend Essen auf den Tisch muss.«

Das hieß im Klartext: Wer einen Troll zum Rülpsen zwang, musste sich selbst schämen, weil er ihm nicht rechtzeitig etwas zu essen angeboten hatte. Auch Sams Magen knurrte. Erst jetzt fiel ihr auf, dass es bereits weit nach acht Uhr war. Wo blieb Selina bloß?

Sie rannte in die Küche, um einen Blick nach draußen zur Straße zu werfen. Die ganze Welt vor der Tür versank im Schnee.

»Hast du schon einmal so viel Schnee gesehen?«, fragte sie Wanja.

Der nickte bloß. Natürlich hatte er das; in seiner alten Heimat gab es jedes Jahr weiße Weihnachten, und drei Meter Schnee vor der Haustür waren gar nichts.

»Vielleicht steckt sie fest?«, fragte Wanja. »Auf der Straße ist kein einziges Auto mehr zu sehen.«

Wanja hatte recht. Nur am Straßenrand erkannte man längliche weiße Hubbel, unter denen sich wahrscheinlich geparkte Autos verbargen.

Sam schaute sich in der Küche um. Auf der Anrichte lagen eine Packung Spaghetti und ein Glas mit fertiger Tomatensauce. Die konnte sie zur Not auch selbst kochen. Jetzt wurde ihr Blick aber von einem blinkenden roten Licht neben dem Toaster gefangen: der Anrufbeantworter. Eine leuchtende Sechs pulsierte und warf einen matten Schein.

Sie hatten das Telefon während des Spiels, in dem die Trolle meistens ziemlich laut grunzten und brüllten, nicht gehört.

Sam drückte eine Taste und schon schnarrte das Gerät los. Es verzerrte die Stimmen, aber Sam erkannte sofort, wer die erste Nachricht hinterlassen hatte: »Schnuffelchen, hier ist die Hölle los. Dr. Müllerscheidt ist krank und wir haben ganz viele Unfälle wegen des Wetters. Ich muss auch die Nachtschicht übernehmen, aber mach dir keine Sorgen, Selina bleibt bis morgen früh, Bussi!«

Die zweite Nachricht stammte von Selina: »Huhu Sam, der Bus verspätet sich, so ein Mistwetter, mach dir keine Sorgen und fackle, bis ich bei dir bin, die Bude nicht ab.« Dann folgte noch ein Kichern und es knackte in der Leitung. Die nächste Nachricht war auch von Selina und bestand nur aus »Sam, Saaaaaam, geh ran!« und einem Schluchzen und verschiedenen Ausführungen eines Schimpfwortes, das Sam nicht benutzen durfte, schon gar nicht in der Vorweihnachtszeit.

»Schnuffelchen«, schnarrte bei der letzten Nachricht wieder die Stimme von Sams Mutter vom Anrufbeantworter, »es ist alles ganz blöd gelaufen. Der Bus von Selina ist in den Graben gefahren, sie hat sich den Arm gebrochen. Was machst du überhaupt? Selina sagt, du gehst nicht ans Telefon. Schnuffelchen, bist du da? Geh doch bitte mal ran …« Es folgte eine Pause, im Hintergrund fragte eine Krankenschwester, ob irgendein Patient noch eine Schmerztablette bekommen sollte. »Ruf mich wirklich sofort auf der Station an, Schnuffelchen, machst du das bitte, vielleicht könntest du –«

Klack.

Die Nachricht brach ab.

Nicht nur das.

Der Anrufbeantworter blinkte nicht mehr.

Die Digitaluhr am Herd blinkte auch nicht mehr. Der Kühlschrank surrte nicht mehr. Die Deckenlampe war ausgegangen. Das Gedudel des Videospiels, das noch aus dem Wohnzimmer herübergeklungen hatte, verstummte. Sam beugte sich weit über die Anrichte, schaute nach links die Straße runter, dann nach rechts, wo man normalerweise eine Laterne sehen konnte.

Es war stockdunkel. Das Rentiergespann im Garten leuchtete nicht mehr, und auch im Nachbarhaus gab es kein Lebenszeichen, was vielleicht auch daran lag, dass die Leute schon seit drei Wochen auf den Kanarischen Inseln in der Sonne lagen.

Sam schaute Wanja an. »Was ist passiert?«

»Stromausfall«, sagte Wanja. »Hatten wir in Russland oft. »Zu viel Schnee, ein Baum kippt um oder ein Laster fährt gegen Pfosten, zack, Leitung kaputt.«

»Und jetzt?«, fragte Sam.

»Müssen wir trockenes Brot essen«, antwortete Wanja. Ein leiser Rülpser unterstrich, wie wenig er davon hielt.

Viel mehr als trockenes Brot gab es nämlich nicht. Der Kühlschrank war leer. Sie hatten geplant, am nächsten Tag zu einem Großeinkauf in die Stadt zu fahren. Das Essen war jedoch Sams kleinstes Problem. »Mama stirbt vor Sorge, wenn ich sie nicht anrufe«, sagte sie.

»Und ich sterbe vor Hunger«, sagte Wanja.

»Hey, kannst du auch an etwas anderes denken als ans Essen?« Sam stupste ihn in die Seite.

»Wir gehen zu meiner Oma«, schlug Wanja vor.

»Wenn Mama nicht vor Sorge gestorben sein sollte, bringt sie mich um, wenn ich bei dem Wetter mitten in der Nacht aus dem Haus gehe.«

»Ist nicht mitten in der Nacht«, sagte Wanja. Er kramte in seiner Hosentasche und zog eine altmodische Taschenuhr, die an einer goldenen Kette befestigt war, hervor. »Acht nach acht.«

»Das alte Ding geht doch immer falsch«, maulte Sam.

Wanja schaute beleidigt. Auf das Geschenk seines Vaters ließ er nichts kommen, aber es stimmte, dass die Uhr ein Eigenleben führte. Ganz richtig ging sie nie.

Sam wusste einfach nicht, was sie machen sollte. Wenn sie ehrlich war, gefiel ihr der Gedanke überhaupt nicht, ganz allein im Haus zu bleiben, hungrig, im Dunkeln, ohne Telefon. Bald würde es kalt werden, weil auch die Heizung nicht funktionierte.

Als habe er ihre Gedanken gelesen, sagte Wanja: »Oma hat einen Ofen, der knistert und macht schön warm und obendrauf steht ein Samowar für heißen Tee. Und vielleicht gibt's am Ende der Straße auch Strom?«

Seine Stimme verriet, dass er daran nicht wirklich glaubte. Wenn Wanja eines nicht konnte, war es flunkern. Sam zögerte noch ein wenig, dann entschied sie sich, mit Wanja zu gehen. Vielleicht konnte sie dort auch ihre Mutter anrufen und ihr erklären, warum sie die Nacht bei Wanja und seiner Oma verbringen würde.

Sicherheitshalber schrieb sie noch eine kurze Nachricht, die sie an das Schlüsselbord direkt neben der Haustür klemmte. Ihre Mutter hängte immer als Erstes den Schlüssel dort auf. Falls sie vor Sam zurückkam, würde sie den Zettel sofort finden.

Danach stopfte Sam ihren Schlafanzug, eine Zahnbürste, das Buch, in dem sie abends immer las, und zwei ihrer Lieblingstücher, mit denen sie sich die Haare zu einem Zopf band, in ihre Umhängetasche.

»Hey, wir gehen nicht auf Weltreise«, sagte Wanja spöttisch.

Trotzdem packte Sam, als Wanja schon seine Stiefel überstreifte, schnell noch die kleine Hasenlampe dazu, die nachts immer in ihrem Zimmer brannte. Ohne Herrn Glockenbach konnte Sam einfach nicht schlafen. Dann zog sie sich zuerst eine Jeans über die Strumpfhose, darüber die kniehohen Stulpen. Über den Rollkragenpulli streifte sie eine Fleecejacke, die Papa ihr letztes Jahr für den Skiurlaub gekauft hatte. Zum Schluss wickelte sie sich ihren langen Schal mit den Fransen dreimal um den Hals und setzte sich die Wollmütze mit dem Fellbommel auf den Kopf.

»Fertig«, sagte sie.

Wanja tat so, als sei er zwischenzeitlich eingeschlafen, und gähnte übertrieben laut.

Als Sam die Haustür öffnete, staubte der frische Schnee, der sich am Eingang aufgetürmt hatte, in den Hausflur. Es schneite dicke Flocken vom Himmel herab. Ihre Augen hatten sich schon an das fahle Licht gewöhnt. Es war gar nicht so dunkel, wie Sam es erwartet hatte.

Wanja trat zuerst auf die Straße, schaute nach rechts und links, aber da war nichts, schon gar keine Autos. Bei den Nachbarn flackerte hier und dort ein Licht, weil die Leute ihre Kerzen angezündet hatten.

Sam drückte mit der einen Hand die Tasche fest an sich, mit der anderen griff sie nach Wanjas Hand. Ihre Finger waren schon ganz kalt. Sie hatte ihre Handschuhe vergessen. Sofort zog Wanja seine Fäustlinge von den Händen und reichte sie Sam.

»Aber dann hast du doch kalte Hände!«

Er winkte ab. »In Murmansk haben wir minus zwanzig Grad. Hier brauch ich keine Handschuhe. Zieh ich nur wegen Oma an!«, behauptete er, aber wieder einmal saß die Lüge wie eine rote Signallampe auf seinem Kopf.

Ein paar Häuser weiter warf Wanja sich plötzlich rückwärts in eine Schneewehe. Er schob die ausgebreiteten Arme links und rechts von sich hinauf und hinab und hinterließ den Abdruck einer Gestalt mit Flügeln auf dieser weißen Leinwand aus Kristallen.

»Ein Engel«, sagte Wanja. »Für dich.«

Sam lächelte. Manchmal machte Wanja so nette Sachen. Dann kribbelte es in ihrem Bauch wie bei den verbotenen Sachen. Verbotene und sehr nette Sachen fühlten sich manchmal ein bisschen ähnlich an, stellte Sam fest.

»Komm, lass uns weitergehen«, meinte Wanja.

Als sie fast das Haus von Agnes Wolke erreicht hatten, schnaubte plötzlich etwas hinter ihnen. Es hörte sich wie das Hecheln eines Tieres an. Ja, da jaulte auch etwas. Es trappelte und knirschte, das Klingeln von Glöckchen mischte sich dazwischen.

Ein Luftzug streifte Sams Wangen, die außer ihrer Nasenspitze gerade noch aus ihrer Vermummung aus Schal und Mütze hervorlugten. Die Mütze rutschte ihr ins Gesicht, sodass sie plötzlich nichts mehr sah. Durch die engen Maschen des Strickmusters schimmerte es ganz kurz gelblich, ein Licht, eine Lampe vielleicht!

Waren das Schreie? War das ein Peitschenknall?

»Hooo!«, rief jemand, da war Sam sich nun ganz sicher. Jemand hatte *Hooo!* gerufen, aber es war ihr unmöglich zu sehen, was oder wer es gewesen war. Vielleicht Wanja, aber die Stimme hatte viel tiefer geklungen.

Wanja umklammerte sie nun mit beiden Armen und warf sich mit Sam schwungvoll in eine Schneewehe. Dick eingepudert lagen sie übereinander.

»Du bist ganz schön schwer, du Troll!«, schnaufte Sam unter Wanja hervor. »Was war das denn?«

Wanja zuckte die Achseln. »Doch noch wer unterwegs«, murmelte er und stellte sich wieder auf die Beine. Er reichte Sam die Hand, um ihr aufzuhelfen.

Sie klopften sich den Schnee von den Klamotten. Dann sah Sam die beiden Linien im Schnee. »Guck mal.«

»Was denn?«, fragte Wanja.

»Na, die Spuren. Schau doch mal, das sind Spuren. Wie

von einem Schlitten. Von einem Gespann, sieh doch mal. Da in der Mitte zwischen den Linien, die sind von ...«

Sam überlegte. Sie kannte Pferdespuren vom Reiterhof. Das waren keine Hufspuren, die sich dort in den Schnee gedrückt hatten.

»Das sind Tatzen. Seit wann fährt hier jemand mit einem Hundeschlitten herum?«

Wanja antwortete nicht. Er war schon fast im Schneegestöber verschwunden.

»Warte!!!«, rief Sam.

Sechstes Kapitel,

in dem der Nikolaus die Sache in die Hand nimmt und fast alle aufs Christkind warten

Der Nikolaus stand in der Tür zur Halle und stemmte die Fäuste in die Seiten. Bevor er ein weiteres Wort sagen konnte, nieste er so heftig, dass die Weihnachtskugeln am Baum wackelten. Das Mädchen hatte gehofft, dass die hartnäckige Erkältung, die den alten Kerl plagte, ihn daran hinderte, an der Versammlung teilzunehmen – zumindest so lange, bis alles in seinem Sinn über die Bühne gegangen war.

Zur Sicherheit hatte es seinem Diener Boreslav befohlen, ein paar Tropfen eines Schlafmittels in den Kamillentee des Nikolaus zu träufeln. Es waren wohl nicht genug Tropfen gewesen.

Bei seinem Anblick war dem Mädchen sofort klar, dass sein Plan ins Wanken geraten konnte. Der Nikolaus hatte in der Versammlung des Rates mehr Einfluss als jeder andere. Fast jeder andere.

Nur eine Person war noch mächtiger, aber das Mädchen hatte dafür gesorgt, dass diese Person nicht an der Versammlung teilnehmen würde.

Ein freudiges Gemurmel erfüllte den Raum, einige der Konferenzteilnehmer eilten zur Tür, um den Neuankömmling zu begrüßen. Joulupukki stupste seine Frau an und Joulumuori füllte einen Becher mit ihrem selbst gebrauten Weihnachtspunsch für den Nikolaus.

»Einen Glögi in Ehren kann niemand verwehren«, rief der finnische Weihnachtsmann.

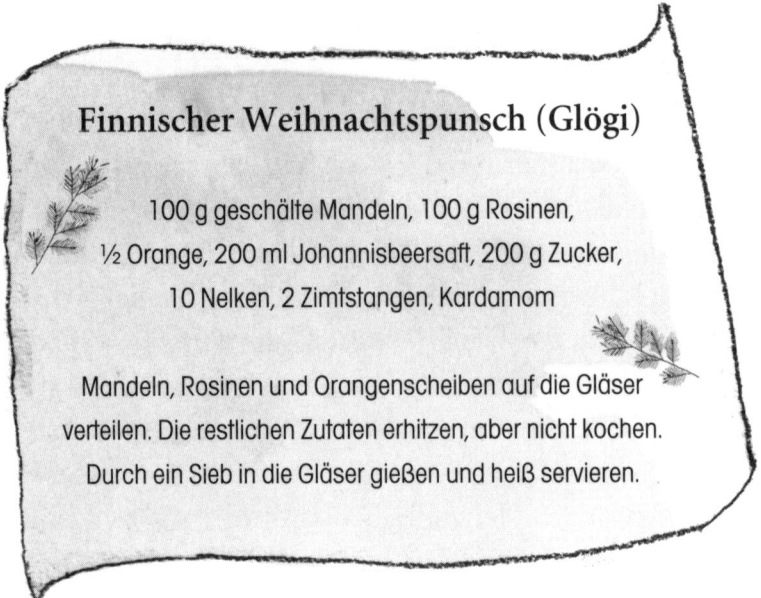

Finnischer Weihnachtspunsch (Glögi)

100 g geschälte Mandeln, 100 g Rosinen,
½ Orange, 200 ml Johannisbeersaft, 200 g Zucker,
10 Nelken, 2 Zimtstangen, Kardamom

Mandeln, Rosinen und Orangenscheiben auf die Gläser
verteilen. Die restlichen Zutaten erhitzen, aber nicht kochen.
Durch ein Sieb in die Gläser gießen und heiß servieren.

Das Mädchen zögerte nicht lange, sondern winkte seinen glatzköpfigen Diener in der schwarzen Livree herbei. Es drückte Boreslav einen Zettel in die Hand und befahl ihm, sich sofort auf den Weg zu machen.

»Nimm das beste Gespann, nur die Tiere aus meinen privaten Stallungen und meinen schnellsten Schlitten. Drei Perchten, die bösen, du weißt schon, sollen dich begleiten. Aber sie sollen ihre grausigen Fratzen verhüllen, falls draußen doch noch ein paar Menschen im Schneesturm herumirren.«

Die Perchten sahen ähnlich gruselig wie Herr Kramp aus und stammten auch aus den Alpenländern.

»Gnädige Herrin, es ist doch viel zu früh für die Perchten«, gab der Diener zu bedenken, »erst nach dem Weihnachtsfest in den Rauhnächten –«

»Tu gefälligst, was ich dir sage«, zischte das Mädchen. »Ich füttere euch nicht dafür, dass ihr mir ständig Widerworte gebt.«

Der Glatzkopf verbeugte sich tief. »Wie die gnädige Herrin wünscht.«

»Die gnädige Herrin wünscht, dass wir hier keine weiteren Überraschungen erleben. Wenn *eine bestimmte Person* hier auftaucht, platzt die Sache, und dann gnade dir Gott!«

Erst jetzt eilte das Mädchen ebenfalls zum Kamin, an dem der Nikolaus seine Hände über dem Feuer wärmte. Er hatte seine weißen Handschuhe ausgezogen und spreizte die Finger. Zwei Wichtel stritten darum, wer seinen gewundenen Bischofsstab halten durfte.

»Weg mit euch«, blaffte das Mädchen sie an, um gleich mit marzipansüßer Stimme fortzufahren: »Was für eine Überraschung, liebster Gevatter!« Es streckte dem Angesprochenen beide Hände entgegen, aber der Nikolaus nahm sie nicht.

»Das glaube ich wohl, dass es eine Überraschung für dich ist. Die Konferenz ausgerechnet am Vorabend meines Namenstags einzuberufen, ist gelinde gesagt …« Er machte eine kunstvolle Pause, was dazu führte, dass alle im Raum mucksmäuschenstill und regungslos verharrten. »… eine RIESENSAUEREI!«

»*Riesensauerei* …«, flüsterte irgendwer.

»Hat er *Riesensauerei* gesagt?«, fragte irgendwer.

»Ja, ich glaube, er hat *Riesensauerei* gesagt«, antwortete irgendwer.

Dann war wieder alles still.

Noch nie, wirklich niemals, hatte jemand ein solches Wort aus dem Mund dieses ehrwürdigen Mannes gehört. Ein Heiliger wie er fluchte nicht, jedenfalls nicht vor versammelter Mannschaft, und im stillen Kämmerlein auch nur im Wandschrank und sehr leise.

»Ich verstehe, dass du das nicht so toll findest, mein Lieber, aber es liegt nun wirklich nicht an mir. Die Dinge stehen für uns Weihnachtsleute nun einmal nicht gut, und sicher kennst du die Gesetze genauso gut wie ich«, sagte das Mädchen.

»Oh ja, die kenne ich, und zwar bis ins letzte Komma des Kleingedruckten, schließlich war ich damals dabei, als dieser lächerliche Fürst seinen albernen Erlass zur Abschaffung des hochheiligen Weihnachtsfestes verkünden wollte«, antwortete der Nikolaus. »Und wenn du diesen dicken Wälzer da aufmerksam studiert hättest, wüsstest du, dass hier eine ›Person‹ fehlt, ohne die wir solche Beschlüsse nicht fassen können. Ich bin bekanntermaßen nicht immer einer Meinung mit dieser *Person*, aber den Laden einfach dichtmachen – das geht wohl nicht ohne diese *Person*.«

Der Nikolaus holte sehr tief Luft und sprach dann weiter.

»Wo, bitte schön, ist also – das Christkind?!«

Das Mädchen biss sich auf die Lippen. Wenn es eben möglich war, sprach es den Namen der *Person* nicht aus.

»Was kann ich dafür, dass es immer so ein Theater macht. Nicht gesehen werden!«, schnaubte das Mädchen. »Keiner weiß, wie es aussieht!! Vorm Fenster entlanghuschen und nur Silberstaub hinterlassen!!!«

»Und die Geschenke«, warf die Hexe Befana dazwischen. »Die hinterlässt das liebe Christkind auch.«

Das liebe Christkind! Ich kann es nicht mehr hören, dachte das Mädchen, aber es biss sich auf die Lippen und klatschte zweimal in die Hände. Einer der Glatzköpfe eilte herbei und schob einen weiteren Stuhl direkt neben den Nikolaus. Leider war es keiner der erhöhten mit den besonders wuchtigen Polstern und den geschnitzten Sternen oben an der Rückenlehne. Das Mädchen knöpfte seinen Pelzmantel auf und zog ein Stück Papier hervor.

»Danke für den Hinweis, Befana. Wir sind nicht blöd. Natürlich hinterlässt es die Geschenke, wie viele andere hier auch.«

Innerlich kochte das Mädchen. Das nervte es schon so lange. Immer dieser Aufstand, wenn es um das Christkind ging. Wahrscheinlich lag es daran, dass die Menschen es mit dem Jesuskind verwechselten oder für einen Engel hielten. Es war nichts von beidem, das mussten die doch irgendwann kapieren.

Das Mädchen steckte nun die Hände in den Pelzmuff und zog ein knisterndes Papier hervor. Ein paar Körner Silberstaub rieselten daraus; ärgerlich pustete das Mädchen sie weg, womit es aber erst recht eine schillernde

Wolke erzeugte, die sich überall in seinem Pelzmantel festsetzte.

»Ich darf dann wohl diese Nachricht des liiieben Christkinds vorlesen. *An den großen Rat der Weihnachts… bla, bla, bla … Datum … bla, bla … liebe* und so weiter«, leierte das Mädchen ein paar Absätze mit guten Wünschen und frommen Worten der Schreiberin herunter. Dann räusperte es sich und fuhr mit fester Stimme fort: »*… stimme ich angesichts der traurigen Nachricht, dass die Zahl der Kinder zu gering ist, die an uns alle glauben – an dich, liebe Befana, an dich, lieber Nikolaus, an die Kollegen Weihnachtsmänner und all unsere fleißigen Helferinnen und Helfer –, dem Beschluss zu, das Weihnachtsfest abzuschaffen. Da ich selbst leider nicht persönlich zur Versammlung kommen kann, übertrage ich meine Stimme …*«

Das Mädchen ließ den Brief sinken. »Auf *mich*!«, sagte es mit Nachdruck. »Auf *mich* überträgt das Christkind seine Stimme.«

»Das möchte ich sehen!«, sagte die Hexe Befana und grapschte nach dem Papier, verfehlte es aber, weil das Mädchen es blitzschnell wegzog.

»Vertraust du mir etwa nicht?«, fragte es mit gespielter Empörung.

»Natürlich nicht«, sagte die Hexe.

»Aber meine Gute, so viel Misstrauen vor dem Fest der Liebe ist nicht schön.«

»Ich bin nicht *deine Gute*. Her damit!«, befahl Befana.

Mit einem vergifteten süßen Lächeln reichte das Mädchen der alten Frau den Brief. »Lies nur selbst …«

»... stimme ich ... traurigen ... Zahl ... Kinder ...«, murmelte Befana, »... übertrage ich meine Stimme ...« Sie starrte das Papier ungläubig an und reichte den Brief an Joulupukki weiter. »Tatsächlich. Es hat ihr seine Stimme übertragen.«

Auch Joulupukki nickte. Seine Frau schnäuzte sich. Lucia schüttelte den Kopf, sodass Wachs von ihren Kerzen auf das Schreiben des Christkinds tropfte.

»Na bitte«, stöhnte das Mädchen befreit. »Schreiten wir also endlich zum Vollzug der Bestimmungen, wie sie gemäß Absatz elf des vierunddrei-«

»Veto!«, donnerte die Stimme des Nikolaus durch den Raum. »Veto.«

»Was soll das heißen?«

»Einspruch!«

»Ich weiß, was das Wort bedeutet.« Das Mädchen verlor die Geduld. Was bildete sich dieser Kerl eigentlich ein? *Warte nur*, dachte es, *warte nur! In einer halben Stunde jage ich dich vom Hof und mit dir die ganze Bande.*

»Ich habe da aber auch noch ein Wörtchen mitzureden. Ich finde es sonderbar, dass das Christkind fehlt und gerade dir seine Stimme übertragen hat. Deshalb bin ich dafür, dass wir die ganze Sache noch einmal überprüfen. Was meint ihr?« Der Blick des Nikolaus schweifte in die Menge.

Befana und der finnische Weihnachtsmann hoben die

Hand. Joulupukki nickte Befana zu und sagte: »Lieber Nikolaus, wir sind ganz deiner Meinung!« Es erhob sich lautes, beipflichtendes Gemurmel.

»Gut, dann schreiten wir am besten gleich zur Tat. Ich möchte alle Unterlagen sehen, die beweisen, dass zu wenige Kinder an uns glauben. Und dann befragen wir alle hier Anwesenden einzeln, wie sie die Lage sehen.«

Das Mädchen starrte den Nikolaus an. Es warf ihm giftige Blicke zu. Nun zeigte sich, dass der Nikolaus ein gerissener Bursche sein konnte.

Das Mädchen musste die Sache schnell zum geplanten Ende bringen, sonst drohte ihm der Untergang. Alles, aber auch alles stand auf dem Spiel. Sein Geschäftspartner würde nicht mehr lange warten, er wollte alles haben, und zwar sofort.

»Als Allererstes das Christkind«, hörte das Mädchen die Stimme seines Widersachers.

»Was? Wie bitte?«, fragte es verwirrt.

»Ich sagte, dass ich als erstes Mitglied der Versammlung das Christkind befragen möchte. Wo ist es eigentlich?«, fragte der Nikolaus.

»Es … äh … ich …«

Denk nach!, ermahnte das Mädchen sich selbst. *Denk nach, du musst dir etwas einfallen lassen, Zeit gewinnen.*

Der Nikolaus schaute dem Mädchen fest in die Augen.

Es war gefährlich, ihn anzulügen. Wenn einer Experte darin war, Kinder beim Lügen zu erwischen, dann der alte Bischof aus Myrna. Seit Jahrhunderten war das sein Spezialgebiet, Millionen Fälle standen in seinem dicken Buch der Vergehen und kaum ein Junge oder Mädchen hatte dort keinen Eintrag.

»Ich habe bereits Boreslav, meinen treuesten Diener, zum Christkind geschickt. Mitsamt ein paar von den Perchten, die es bewachen und sicher hierherbringen sollen«, sagte das Mädchen. Das war nicht die Unwahrheit. Ganz und gar nicht. Sicher herbringen sollten sie das Christkind. Nur, was ihm dann blühte …

Ein böses Lächeln huschte über die Miene des Mädchens, nur der flüchtige Schatten eines Grinsens, aber der Nikolaus beobachtete es lauernd.

»Es ist spät«, sagte das Mädchen. »Und alle sind hungrig, oder?«

Ein zustimmendes Raunen ging durch die Menge der Weihnachtsgestalten.

»Ich habe einen Truthahn nach alter Tradition zubereiten lassen. Das wird ein Schmaus!«

Aus dem Rauschen wurde ein begeistertes und vorfreudiges Geplapper.

»Morgen komme ich dann in aller Ruhe deinen Wünschen nach, liebster Gevatter Nikolaus.«

»Nenn mich nicht Gevatter«, knurrte der Nikolaus. Dann winkte er seinen Knecht Ruprecht herbei und flüsterte ihm etwas zu.

Das Mädchen spitzte die Ohren, aber es konnte leider nur ein paar Worte verstehen: »… *Wächter … kommen … schnell …*«

Siebtes Kapitel,

in dem Sam Bekanntschaft mit einer unheimlichen Gestalt macht

❄ ❄ ❄

»Warte auf mich!«, rief Sam, doch Wanja stapfte einfach weiter durch den Schnee. Sie sah ihn fast schon nicht mehr. Sie wollte auf keinen Fall in diesem Gestöber alleine bleiben. Irgendwie hatte sich ein beklemmendes Gefühl in ihr ausgebreitet, das gar nichts mehr mit dem wohligen Kribbeln im Bauch zu tun hatte, als sie nach den Weihnachtsgeschenken gesucht hatte.

»Wanja, jetzt warte doch. Warum hast du es plötzlich so eilig?«

Sam rannte los, was im Tiefschnee gar nicht so leicht war. Prompt blieb sie mit einem Stiefel im Schnee stecken, verlor das Gleichgewicht und fiel um.

Als sie sich wieder aufgerappelt hatte, stand ein Auto neben ihr am Straßenrand. Im Gegensatz zu allen anderen Fahrzeugen war es nicht im Schnee versunken. Die Scheibenwischer kämpften zwar gegen die Masse der Flocken an, aber über der Kühlerhaube stiegen Wölkchen in die Luft, so heiß war der Motor gelaufen.

Es war das längste Auto, das Sam je gesehen hatte. Solche in die Länge gezogenen Limousinen kannte sie sonst nur aus amerikanischen Fernsehserien. Ganz hinten bewegte sich die getönte Scheibe lautlos nach unten. Ein älterer Herr mit einem gestutzten blendend weißen Bart und einer karierten Mütze mit Ohrenklappen streckte den Kopf hervor.

»Hoho«, sagte er. »Young lady, wie geht es dir today … äh … heute?«

Sam nickte und ging weiter. Wenn es eine Regel gab, an die sie sich immer hielt: Keine Plaudereien mit fremden Männern, schon gar nicht, wenn sie in einer verschneiten Nacht aus einem überlangen Auto mit dunklen Scheiben zu einem sprachen.

»Wonderful, ich meine: wundervoll! Ist es noch weit bis zur Hausnummer …« Er schaute auf einen Zettel. »25?«

Sam schüttelte den Kopf und zeigte hinauf auf den Hügel, den man bei den Wetterverhältnissen kaum erahnen konnte.

»Thank you very much«, sagte der Mann und bot ihr an, sie ein Stück mitzunehmen.

Sam schüttelte wieder den Kopf und sagte nun doch etwas: »Nein, vielen Dank, ich bin schon zu Hause.« Sie zeigte auf das nächstbeste Gebäude.

»Dann sage ich Thank you und Good bye!«, rief der

Mann. Die Scheibe fuhr wieder hoch und der schicke Wagen rollte langsam den Berg hinauf. Die Rücklichter verschwanden.

Sam schaute ihm nach. Irgendwie kam der Mann ihr bekannt vor, aber sie kam nicht darauf, an wen er sie erinnerte. Sie beeilte sich, nun auch weiterzukommen.

Als sie das Grundstück von Frau Wolke erreichte, schwitzte und schnaufte sie. Wanja war schon im Haus verschwunden. Immerhin schienen die Zimmer drinnen erleuchtet zu sein, an jedem Fenster flackerte ein Windlicht. Sie hatten alle die Form eines Sterns.

Obwohl sie sich gerade noch gefürchtet hatte, blieb Sam stehen und betrachtete das Haus. So verschneit und im Dunkeln hatte sie es noch nie gesehen. Die vielen Lichter strahlten. Eigentlich konnte man das Haus gar nicht nur als Haus bezeichnen. Der Begriff Villa kam der Sache schon viel näher; an zwei Seiten verfügte es über runde Erker und hinten erstreckte sich ein langer Anbau.

Das waren wohl einmal Ställe oder eine Scheune gewesen, die heute nicht mehr genutzt wurden. Das Gebäude mit dem breiten Tor war sogar mit einem großen Riegel verschlossen, und Frau Wolke hatte Wanja strengstens verboten, es zu betreten, weil es einsturzgefährdet war.

Noch zu der Zeit, als Sams Mutter geboren worden war, hatte das Haus einsam und allein dort oben auf dem Hügel gestanden. Erst in den letzten zwanzig Jahren war die Stadt langsam gewachsen und hatte sich immer näher an diesen einsamen Ort herangerobbt.

Beim Blick auf die Hausnummer musste Sam wieder an

den Mann in dem langen schwarzen Auto denken: Frau Wolkes Haus hatte die Hausnummer 24. Danach kam nichts mehr. Es gab in dieser Straße keine Nummer 25. Der Mann musste sich geirrt haben.

Der Garten war kein einfacher Garten mit ein paar Sträuchern und Rosenstöcken, wie bei Sam zu Hause. Es war ein kleiner Park, in dessen Mitte eine mächtige Rotbuche im Sommer Schatten spendete. Sam hatte im Herbst sogar schon mal Wildtiere zwischen den Tannen, die das Grundstück umsäumten, gesehen. Damals hatte sie geschworen, dass es so etwas wie ein Hirsch gewesen sei, aber Wanja hatte ihr nur den Vogel gezeigt. »Einen Hirsch«, hatte er mit ziemlich überheblichem Tonfall gesagt, »gibt's hier weit und breit nicht!«

Vor dem zweiflügeligen Portal lagen Wanjas Stiefel auf dem Podest, zu dem eine knarrende Holztreppe führte. Die eine Seite der Tür stand offen. Eiskristalle hatten sich auf den Scheiben gebildet, die sich wie ein Mosaik aus farbigen Glasstücken zusammensetzten.

Erst jetzt fiel Sam auf, dass das funkelnde Bild im Licht der Kerzen, die im Flur dahinter an einem Deckenleuchter brannten, einen Kometen mit langem gelbem Schweif darstellte. Das musste der Stern von Bethlehem sein. Im Glas der anderen Tür waren Hirten mit ihren Schafen dargestellt, die auf die Erscheinung am Himmel zeigten.

Sam streifte ebenfalls die Schuhe ab. Drinnen hörte sie, wie Wanja nach seiner Großmutter rief, aber keine Antwort bekam.

Direkt neben der Haustür ging es links in die Küche.

Auch diese wurde nur von Kerzen erhellt. Die Luft war stickig, Rauch kratzte Sam in der Kehle. Er quoll aus dem Backofen, in dem ein Blech mit verkohlten Kokosmakronen stand. Auf der Anrichte herrschte das totale Chaos.

Frau Wolke war anscheinend beim Plätzchenbacken gewesen, jetzt aber sah es aus, als wäre ein Wirbelsturm durch die Küche gefegt. Eine zerbrochene Schüssel, aus der Teig quoll, lag auf dem Boden, daneben ein einzelner schwarzer Schnürschuh. Sam erkannte den Schuh sofort an der erhöhten Sohle. Agnes Wolke musste solche Schuhe tragen, weil ihre Beine verschieden lang waren.

Was war hier passiert? Warum herrschte bloß ein solches Durcheinander? Bei Frau Wolke war sonst immer alles sehr ordentlich.

»Wanja?«

Etwas rumpelte und klirrte. Sam folgte den Geräuschen.

Sie betrat den Salon, das größte Zimmer im Erdgeschoss. Hier stand ein Instrument, das ein bisschen einem Klavier ähnelte, aber für Sams Geschmack ziemlich klimpernde Musik machte, wenn Frau Wolke darauf spielte. Die Wände säumten Sofas und ein Sammelsurium von unterschiedlichen Stühlen.

Auf einem kleinen Esstisch stand ein Kuchen mit Kerzen, die darauf warteten, angezündet zu werden. Elf Kerzen. Frau Wolke hatte schon alles für den nächsten Tag vorbereitet, an dem Wanja Geburtstag hatte. Ein kleines Päckchen lag in Geschenkpapier gewickelt und mit einer

Schleife versehen auf der einen Seite und ein zusammengerolltes Blatt Papier, ebenfalls von einer Schleife gehalten, auf der anderen.

Sam nahm das Päckchen. Bei Geschenken zwickte sie die Neugier, egal ob es ihre eigenen oder die anderer waren. Sie rüttelte und schüttelte es. Nichts. Kein Geräusch, das einen Rückschluss auf den Inhalt zugelassen hätte.

Hinten, neben dem Durchgang zum sogenannten Herrenzimmer – wie es Wanjas Oma nannte –, knackte und knisterte der Kaminofen. Wanja hatte nicht zu viel versprochen. Es war mollig warm. Sam zog ihre dicken Klamotten aus.

Das Ungewöhnlichste und zugleich ein wenig Beängstigende in diesem Raum waren die vielen Bilder, die Rahmen an Rahmen alle vier Wände bis unter die Decke füllten.

Gesichter starrten auf die Besucher dieses Zimmers hinab. Im unruhigen Kerzenlicht schienen sie zu zwinkern und zu grinsen, manchmal runzelte ein Herr im hohen steifen Kragen die Stirn oder eine Dame in ausladenden Reifröcken spitzte die Lippen. Ob sie einen Luftkuss zuwerfen wollte oder sich über etwas empörte, war nicht genau zu erkennen.

Auf einem Gemälde war ein molliges altes Pärchen zu sehen. Die Knollennase des Mannes war gerötet, genau wie seine Wangen. Er schaute seine Frau mit einem verschmitzten Lächeln an und freute sich ganz offensichtlich darüber, dass sie ihm aus einer Kanne einen rötlichen, dampfenden Trunk in einen Silberkelch goss.

Auf dem Gemälde direkt daneben schaute eine dürre alte Dame mit spitzer Nase und noch spitzerem Kinn ungeduldig auf eine große Standuhr, die fünf vor zwölf anzeigte. Sie hielt einen Besen in der Hand, und ihr Name war Befana, wie auf dem Schild zu lesen war.

Im Moment starrten sie alle mit ein und demselben Gesichtsausdruck. Täuschte Sam sich oder stand ihnen allen der Schreck ins Gesicht geschrieben?

Ein stattlicher alter Herr auf einem der größten Bilder hielt die Hand eines Mädchens, das so zart wie ein zerbrechliches Kristall wirkte.

»Snegurotschka«, flüsterte jemand direkt an Sams Ohr.

Sam zuckte zusammen, fuhr herum und stieß einen Schrei aus. Das Wort hatte geklungen, wie wenn Wanja und Frau Wolke auf Russisch miteinander redeten.

Aber von Wanja war nichts zu sehen.

»Frau Wolke?«, fragte Sam, aber es kam keine Antwort. Wer hatte da geflüstert?

Sam ging zurück in den Flur. Die Haustür war nun verschlossen. Das musste Wanja gewesen sein, aber wo war er bloß? Langsam stieg Ärger in Sam auf. Der blöde Kerl machte sich einen Spaß daraus, ihr Angst einzujagen, er wollte ihr bestimmt einen Streich spielen.

Statt ihr zu zeigen, wo das Telefon stand, trieb er sich irgendwo herum. Gleich tauchte er bestimmt auf, verkleidet und vermummt, und spielte ihr irgendeine Geistergeschichte vor. Das kannte sie schon von ihm. Wanja hatte die verrücktesten Ideen, aber sonst fragte er sie vorher und sie legten gemeinsam die anderen rein.

Ein Poltern irgendwo oben im Haus jagte Sam erneut eine Gänsehaut über den Rücken.

»Na warte«, flüsterte Sam. »Was du kannst, kann ich schon lange!« Sie schaute sich um.

Neben der Haustür stand ein Garderobenständer, an dem ein schwerer Umhang aus dunkelroter Wolle hing. Sam hüllte sich darin ein; der Stoff reichte bis zum Boden, ihre Füße sah man nicht mehr, sodass es wirkte, als würde Sam schweben. Sie nahm einen der ausladenden Hüte vom Haken und ein durchscheinendes Tuch. Nachdem Sam es über den Hut geworfen hatte, be-gutachtete sie sich im Spiegel neben der Garderobe. Wenn diese geheimnisvolle Gestalt Wanja keinen Schreck einjagte!

»Aaaaaaaaaah!«, hörte Sam plötzlich einen lauten Schrei und stellte einen Wimpernschlag später fest, dass er aus ihrem eigenen Mund kam.

Hinter Sam stand jemand.

Im Spiegel konnte sie im Schummerlicht die Umrisse der Gestalt gerade noch erkennen.

Sam biss sich augenblicklich auf die Lippen. Jetzt hatte

dieser gemeine Kerl es doch geschafft, sie reinzulegen, aber noch einmal sollte Wanja sie nicht als Zimperliese erleben.

»Du kannst das Ding jetzt vom Kopf nehmen«, sagte Sam und gab sich Mühe, ihrer Stimme einen festen Klang zu geben. Sie drehte sich um. »Karneval ist erst wieder im nächsten Jahr. Und deine Oma könnte den muffigen Plunder ruhig mal waschen«, fügte sie hinzu, denn ein strenger Geruch stieg ihr in die Nase.

Das zottelige Fell, das Wanja sich übergezogen hatte, stank nach Katzenpipi, und die Maske, die oben an der Stirn in zwei langen gewundenen Hörnern endete, erinnerte an einen Ziegenbock, allerdings einen ziemlich verwachsenen. Er atmete schwer unter dieser Verkleidung und schnaubte ungeduldig.

»Rühr dich nicht«, flüsterte nun jemand in Sams Ohr.

Wieder zuckte sie zusammen.

Wanja stand neben ihr.

Auf seinen unterschiedlichen Socken, die links Freiheit für den kleinen Kleinzeh ließen.

Sie schaute hinüber zu der Gestalt, dann zu Wanja an ihrer Seite, dann wieder zu dem gehörnten Wesen am anderen Ende des Flurs.

»W-W-Wanja«, rumpelten die Silben über ihre Lippen.

Der oder das da drüben war eindeutig nicht Wanja. Einen kurzen Moment dachte Sam, dass sich vielleicht Wanjas Großmutter einen Scherz mit ihnen erlaubte.

Als die Gestalt mit einem Fuß stampfte – vielleicht war es auch ein Huf, das konnte Sam im Dämmerlicht nicht erkennen –, packte Wanja Sam am Ärmel und schob sie zur Treppe. Der Gehörnte galoppierte auf die beiden Kinder zu. Kurz bevor er sie mit den vorgestreckten Hörnern aufspießen konnte, zerrte Wanja Sam die ersten Stufen hinauf. Im vollen Lauf konnte der Gehörnte nicht mehr bremsen oder die Richtung ändern. Er krachte mit seinem Geweih ins Holz der Haustür. Das schöne bunte Glasfenster mit dem Stern von Bethlehem zerbrach daraufhin in tausend Scherben.

»Uuaarrrgh«, jaulte der Gehörnte auf und schickte ein paar Worte durch das zerbrochene Fenster in die Nacht, die nichts Gutes bedeuten konnten. Sam verstand etwas wie »Himmisakrazementemokruzi …«, der Rest ging im Klappern der Tür unter, aus der sich der Kerl mit wütendem Gestrampel zu befreien versuchte.

An Wanjas Hand rannte Sam die Treppe hinauf. In der Mitte des Flurs versperrte eine von der Decke herabgelassene Trittleiter den Durchgang. Sie führte auf den Dachboden.

»Weiter, da rauf«, spornte Wanja Sam an. »Musst keine Angst haben, er tut uns nichts.«

»Nur ein klitzekleines Aufspießen, was?«, gab Sam zurück.

Solchen Humor verstand Wanja meistens nicht; er reagierte ganz ernst. »Manchmal geht es mit den Perchten durch, da verwechseln sie was.«

»Ach so, dann werden wir nur aus Versehen aufgespießt. Dann ist es ja nicht so schlimm.« Sam verdrehte die Augen. Beruhigend war das alles nicht. »Und warum flüchten wir vor ihm.«

»Es könnte auch eine von den *Schiachperchten* sein, die tun einem manchmal doch was. Na ja, man weiß eben nie und vielleicht kommen noch andere, und außerdem …« Er sprach nicht weiter.

»Und *außerdem*?«, wiederholte Sam die letzten Worte wie ein Echo.

»Ist meine Oma verschwunden und die Pforte steht offen.«

Er sagte beides so, als erzähle er in der Schule vom Ausflug ins Naturkundemuseum, in dem nur vertrocknete Fliegen und versteinerte Blätter einer ausgestorbenen Dotterblume ausgestellt waren. Während er sprach, schnappte er sich die Stange mit dem Eisenhaken daran, die in der Ecke an der Wand gelehnt hatte.

Sam war bereits oben auf dem Speicher angekommen. Wanja folgte ihr und zog die Treppe hinter sich in die Höhe.

»So, hier kommt so schnell keiner rein.«

Hier wollte auch keiner rein. Auf dem Dachboden war es stockdunkel und eiskalt.

»Was heißt, *deine Oma ist verschwunden*?«, wollte Sam wissen. »Ist sie einkaufen gegangen?«

Bei dem Wetter! Das war natürlich Quatsch.

»Sie verlässt im Dezember nie das Haus.«

»Außer heute.«

»Nicht freiwillig.«

»Dann ist sie entführt worden?« Sam runzelte die Stirn. Leute, die entführt wurden, waren wichtig oder reich oder beides. Wer sollte schon eine alte Frau entführen, die mit einem Troll-Enkel mit sechs Zehen in einer altersschwachen Villa lebte?

»Genau das befürchte ich. In der Küche herrscht das totale Chaos. Sie geht nie aus dem Haus, ohne vier Mal zu schauen, ob der Herd ausgeschaltet ist.«

Sam dachte immer noch, dass Wanja sie auf den Arm nahm, obwohl sie selbst die Unordnung in der Küche gesehen hatte. »Vielleicht ist sie durch die Pforte verschwunden«, scherzte sie.

Wanja antwortete mit ernster Stimme, in der man die Überraschung deutlich hören konnte: »Woher weißt du von der Pforte? Das ist streng geheim, davon darfst du nichts wissen.«

»Du hast doch selbst davon geredet. Deine Oma ist verschwunden und die Pforte ist offen. *Welche* Pforte ist offen?«

Wanja druckste ein wenig herum.

Sam stupste ihn an. »Hey, ich bin gerade im Haus deiner Großmutter fast von einem Monster aufgespießt worden. Ich habe ein Recht, das zu wissen.«

»Es ist ... ist ...«

»Nun sag schon!«

»Die Pforte zur Weihnachtswelt«, sagte er endlich.

»Zur Weihnachtswelt?« Sam legte die Handfläche auf Wanjas Stirn. »Du hast Fieber, stimmt's? Du bist krank und ein bisschen durcheinander!«

Achtes Kapitel,

in dem das Mädchen von einem
Vergnügungspark der besonderen Art träumt und
überraschenden Besuch bekommt

✳ ✳ ✳

Das Mädchen saß in seinem Zimmer. Zu diesem Raum gewährte es niemand Zutritt; der dienstälteste Glatzkopf Boreslav durfte es als Einziger betreten außer dem Mädchen selbst, aber nur nach einem vereinbarten Klopfzeichen. Da Boreslav mit dem Schlitten unterwegs war, hatte das Mädchen sich sein Abendbrot selbst hinauf in den nordwestlichen Turm getragen.

Ein paar Schnitten frisches Weißbrot, belegt mit feinen Scheiben geräucherter Gänsebrust, Datteln im Speckmantel und Köttbullar in Preiselbeersoße lachten das Mädchen von tannengrünen Porzellantellerchen mit goldenem Rand an. Wenn man sie leer gegessen hatte, entdeckte man in der Mitte putzige Bildchen vom Weihnachtsmann und dem ganzen anderen Pack, das sich nun im Haus breitmachte.

Zum Nachtisch gab es kandierte Feigen. Eine Kanne mit heißer Schokolade, verfeinert mit Gewürzen, verströmte auf einem Stövchen aus Kristallglas einen leckeren Duft.

Einen Vorteil hatte ihr Schicksal in diesem Haus, das es eigentlich so hasste: Die anderen brachten dem Mädchen immer die schönsten Leckereien aus ihren Ländern mit.

70

Nur die Jólasveinar vergriffen sich allzu gerne bei ihren Geschenken. Die dreizehn Weihnachtszwerge aus Island spielten allerlei Streiche. Sie trieben ein gemeines Spiel mit dem Mädchen; kein Wunder, stammten sie doch von einem verrückten Trollweib ab. Immer wieder dachten sie sich neue fiese Dinge aus, mit dem sie das Mädchen ärgern konnten.

Es hatte ihnen strikt weitere Gaben verboten, nachdem Stúfur, der kleinste von ihnen, dem Mädchen im vergangenen Jahr ein mariniertes Walauge untergejubelt hatte.

Das Mädchen und die Jólasveinar waren seitdem Feinde. Heute wünschte es sich, es wäre damals nicht ganz so abweisend zu ihnen gewesen. Die Isländer standen nun sicher auf der Seite des Nikolaus'.

Warum hatte es vor all den Jahren nicht besser aufgepasst, als der große Rat die Aufgaben für die Weihnachtszeit neu verteilt hatte? Sogar der Wächterposten wäre dem Mädchen lieber gewesen, als in diesem eisigen Palast zu sitzen, um den anderen die Betten aufzuschlagen und ein Festmahl auf den Tisch zu stellen. War es denn eine Dienstmagd?

Nein!

Offiziell hatte das Mädchen genauso viel zu sagen wie die anderen ersten Kräfte. Auch wenn es keine Geschenke irgendwo auf der Welt verteilte. Die Wichtel und Perchten, die Krampusse und Kerle wie der Zwarte Piet und Knecht Ruprecht standen sogar noch unter dem Mädchen.

Und diese Kälte. Diese ewige Kälte. Sie konnte ganze Wälder in den Öfen und Kaminen verfeuern, richtig warm wurde es nie. Während der Glanz in den Kinderaugen bei der Bescherung Joulupukki und Père Noël, Lucia und sogar der alten Hexe Befana und all den anderen das Herz erwärmte, fror das Mädchen. Bis ins Tiefste drang die Kälte.

Das hatte ihm damals niemand gesagt.

Das schöne Haus hatte das Mädchen gelockt. Die vielen Diener. Ja, auch die Leckereien und erst recht die Tatsache, dass es nicht so viel reisen musste wie die anderen. Na ja, das Mädchen war ein bisschen – bequem. Außerdem wurde ihm immer übel im Schlitten.

»Weg da!«, kreischte das Mädchen plötzlich. »Ihr hinterhältigen Biester.«

Noch schlimmer als die Kälte waren die Mäuse. Sie tummelten sich im Haus, als gehöre es ihnen. Das Mädchen warf mit einem Kissen nach den beiden Nagern, die gerade ohne jedes schlechte Gewissen ein Pfefferkuchenmännchen vom Teller mit dem Gebäck klauten.

Pfefferkuchenmännchen

125 g Honig (fest)

175 g brauner Zucker

75 g Butter

50 ml Milch

½ Päckchen Pfefferkuchengewürz (10 g),

400 g Mehl, 5 g Hirschhornsalz

Zuckerschrift oder Zuckerguss

und bunte Zuckerperlen zum Verzieren

Honig, Zucker, Butter und Milch in einem kleinen Topf unter Rühren erwärmen, bis eine glatte Masse entstanden ist. In eine Rührschüssel geben. Pfefferkuchengewürz, Mehl und Hirschhornsalz mischen und unter die Honigmasse kneten, am besten mit den Knethaken des Handrührgeräts. Den Teig mindestens eine Stunde kalt stellen. Auf einer bemehlten Arbeitsfläche dünn ausrollen und Figuren ausstechen. Auf mit Backpapier ausgelegte Backbleche legen. Im vorgeheizten Backofen bei 200 Grad (Umluft 170 Grad, Gas Stufe 3) etwa 6 – 7 Minuten backen. Achtung, der Teig wird schnell zu dunkel! Auf einem Gitterrost auskühlen lassen und dann mit Zuckerschrift und bunten Perlen dekorieren.

Das Mädchen schob sich eine der kandierten Feigen in den Mund. Beim Blick durch die von Eisblumen verunstalteten Butzenscheiben kroch ihm wieder eine Gänsehaut über den Rücken.

Was nützte es, nach draußen zu starren? Tiefschwarze Nacht. Glitzernde Sterne. Hier und da ein Kometenschweif oder eine Sternschnuppe. Und tagsüber verschneite Landschaft bis zum Horizont. Tag für Tag und Nacht für Nacht.

Es würde von der Rückkehr des alten Boreslav und der Perchten schon rechtzeitig erfahren. Die anderen Wölfe im Stall jaulten immer schon lange, bevor ein Ankömmling auch nur zu erahnen war. Die Biester waren eine zottelige Lebensversicherung, besser als jede Alarmanlage.

Mit einem tiefen Seufzer füllte das Mädchen einen Becher mit der köstlichen Schokolade, die der Viejito Pascuero, der alte Hirte, aus Südamerika mitgebracht hatte. Der alte Hirte war auf seiner Seite, dessen war das Mädchen sich sicher; wenn jedoch etwas von dem Auftrag an die Perchten und den Glatzkopf herauskam, würde er es dem Mädchen übel nehmen, da war es sich ebenfalls ziemlich sicher.

Es war nicht auszudenken, wenn nun im letzten Augenblick alles schiefging. Nicht nur, dass das Mädchen niemals mehr aus diesem Haus käme, nein, sein Geschäftspartner würde ihm ein paar von seinen Leuten auf den Hals schicken und kurzen Prozess mit ihm machen.

Etwas rumpelte. Das Mädchen zuckte zusammen. Was war das gewesen? War etwa die alte Schachtel in ihrem

Gefängnis wach geworden? Boreslav hatte dem Mädchen versprochen, dass die Wächterin mindestens vierundzwanzig Stunden ausgeschaltet wäre.

Das Mädchen spitzte die Ohren.

Nichts.

Irgendwo im großen Palast lachte jemand, hier und da knarrten die alten Holzböden oder die Giebel ächzten unter dem Schnee. Trotzdem trippelte es auf Zehenspitzen zu der wuchtigen Truhe, die am Fußende des Bettes stand und sonst ein paar zusätzliche Wolldecken beherbergte – für die besonders kalten Tage. Das Mädchen hatte immer einige Mühe, den schweren, von eisernen Beschlägen gehaltenen Deckel hochzuhieven. Er stand schon einen winzigen Spaltbreit offen, Boreslav hatte ein Scheit des Anzündholzes dazwischengeklemmt. »Nicht, dass sie uns erstickt«, hatte er gesagt.

Vorsichtig hob das Mädchen den Deckel an. Beim Anblick, der sich ihm bot, sog es die Luft ein, als sei es selbst die ganze Zeit dort gefangen gewesen.

Da kauerte die Frau, verschnürt wie ein Weihnachtspaket. Ihre fast weißen Haare, die sie sonst immer akkurat zu einem Dutt gebunden hatte, zauselten in alle Richtungen, ihre Arbeitsschürze hatte sich bis über die Brust hochgeschoben. Gesicht und Hände waren voller Ruß, ihre Augen waren geschlossen. Aber sie atmete gleichmäßig.

»Gott sei Dank«, murmelte das Mädchen.

Die Frau musste nur für ein paar Stunden, vielleicht ein paar Tage aus dem Weg geschafft werden, damit der Zugang frei war und kein Alarm ausgelöst wurde. Etwas

Schlimmeres konnte kaum passieren, als dass ein neugieriger Mensch die geheime Pforte fand und sich hereinschmuggelte. Das würde bald ganz egal sein, im Gegenteil, bald würde hier richtig was los sein!

Es würde ein fröhliches und offenes Haus sein, alle dürften rein – natürlich erst, nachdem sie einen ordentlichen Eintrittspreis gezahlt hatten. Sie würden dafür zahlen, das war so sicher wie nichts auf der Welt. Jeden Preis!

Kein Vergnügungspark in der ganzen Welt würde mithalten können. BESUCHEN SIE DIE EINZIG WAHRE WEIHNACHTSWELT! So sollte es in der größten Leuchtschrift über dem Eingang stehen. Eine größere Leuchtschrift hatte die Welt noch nicht gesehen.

Das Schönste wäre jedoch: Das Mädchen und niemand anderes würde der Mittelpunkt sein. Ihm allein würde die Rolle der gütigen, freundlichen und großzügigen Überbringerin der Gaben zukommen. In dankbare Kinderaugen würde es schauen.

Natürlich nur, wenn die Eltern vorher dafür gezahlt hatten.

Wieder zuckte das Mädchen zusammen.

Furchtbar, dachte das Mädchen, *ich bin so schreckhaft geworden, das muss ich mir wieder abgewöhnen.*

Jemand hatte geklopft.

Einfach ein dreifaches *Tock*. Nicht das vereinbarte *Tocktocktock Tock Tocktock*. Jemand drückte – ohne auf die Antwort des Mädchens zu warten – die Klinke hinunter.

Welch eine Frechheit, dachte das Mädchen, lächelte aber böse, denn es hatte den Riegel vorgeschoben und den geschwungenen Schlüssel aus vergoldetem Eisen dreimal herumgedreht. So schnell würde es hier niemand überraschen.

Es folgte ein *Tock Tocktocktock Tocktock.* Die Ungeduld des Klopfers sprach aus jedem Schlag auf das Türblatt.

»Mooooment!«, rief das Mädchen und ließ den Deckel der Truhe vorsichtig wieder herab. Dabei achtete es sorgsam darauf, dass das Holzscheit nicht verrutschte. Eine Tote konnte es nun wirklich nicht brauchen. Ganz zu schweigen davon, dass sie dann diesen wunderschönen Kasten mit den üppigen Schnitzereien und Malereien zu einem Sarg machte und er sicher nicht mehr zu gebrauchen war.

Das Mädchen eilte zur Tür und ließ den Besucher ein.

»Das wurde aber auch Zeit«, knurrte der Kerl.

»Wo – wo – wo kommen Sie denn her …«, stotterte das Mädchen, biss sich aber sofort auf die Lippen.

»Wie kommt es, dass du so überrascht bist?«, antwortete er mit einer Gegenfrage. Obwohl er sich Mühe gab, konnte er seine Herkunft nicht ganz verbergen. »Die Pforte stand offen, dann wird man doch eintreten dürfen?«

Nichts darfst du!, wäre es fast aus dem Mädchen herausgeplatzt, aber es ermahnte sich. *Reiß dich zusammen.* Er sollte auf keinen Fall merken, wie überrascht es war.

Mit ihm hatte das Mädchen nun wirklich nicht gerechnet. *Ich muss so tun, als wüsste ich alles,* dachte es. *Wenn er ausgerechnet jetzt hier auftaucht, muss ihm jemand verraten haben, dass die Pforte unbewacht ist.*

Verrat. Das also steckte dahinter: Jemand im Haus arbeitete mit ihm zusammen. Dass das Mädchen die Wächterin festgesetzt hatte, wusste eigentlich nur Boreslav. Oder hatte er sich verplappert? Oder gab es womöglich einen Spion, der hier die Augen und Ohren offen hielt?

»Sie wissen doch ganz genau, dass hier kein Unbefugter Zutritt hat. Ganz egal, ob jemand an der Pforte steht oder nicht …«, antwortete das Mädchen im süßesten Zimtsterntonfall, zu dem es in diesem Augenblick fähig war. Nach einem winzigen Augenblick fügte es noch hinzu: »Sir!«

Es wusste, wie eingebildet der Kerl war und dass er diese förmliche Anrede mochte. *Ich werde dich um den Finger wickeln*, dachte das Mädchen jedoch gleichzeitig.

»Anyway … äh … wie auch immer«, antwortete er. »Der ganze Laden gehört sowieso bald mir.« Dann hielt er seinen Bauch und lachte: »Ho, ho, ho!«

»Nehmen Sie doch Platz, mein Lieber«, säuselte das Mädchen. »Dann werde ich Ihnen vom aktuellen Stand der Dinge berichten. Heiße Schokolade?« Es griff nach der Kanne auf dem Stövchen und spielte einen Moment mit dem Gedanken, ganz aus Versehen zu stolpern, wenn es ihm die Tasse reichte.

Er trug einen für seine Figur viel zu schmal geschnittenen Anzug aus rotem Samt. Sein weißer Bart war perfekt gestutzt. Allerdings sah er viel älter aus als auf all den Werbeanzeigen und in den Werbespots.

Das Mädchen verzichtete lieber auf einen Kakaoanschlag auf seinen Geschäftspartner, servierte ihm brav das Getränk und setzte sich neben ihn aufs Sofa. »Was führt Sie zu mir, mein lieber Rey?«

»Nenn mich nicht *lieber Rey*«, blaffte der Gast.

Neuntes Kapitel,

in dem Sam ganz neue Dinge
über Wanja erfährt

✳ ✳ ✳

Sams Augen hatten sich schon an die Dunkelheit gewöhnt.
Die Kälte auf dem Dachboden zog ihr sofort in die Kno-
chen, besonders ihre Füße fühlten sich bereits nach wenigen Minuten wie Eisklumpen an. Hätte sie doch bloß die
Stiefel nicht vor der Tür ausgezogen.

Aus dem Dämmerlicht schälten sich die Umrisse eines
typischen Speichers: ein ausrangiertes Gitterbett, Stühle
mit kaputten Lehnen, ein blinder Spiegel. Etwas Rundes,
das aussah wie ein auf den Kopf gestelltes Fahrrad mit
nur einem Reifen, entpuppte sich als Spinnrad, als Wanja
plötzlich eine Taschenlampe aufleuchten ließ.

Er hockte vor einem alten Koffer, der mit rot, grün, blau
und weiß kariertem Stoff bezogen war, die Ecken schütz-
ten Stahlkappen. Auf dem Deckel erkannte Sam Aufkle-
ber von Hotels aus aller Welt. Zum Teil waren sie schon
verblichen, zum Teil konnte man die Aufschriften noch
lesen – wenn man der vielen verschiedenen Sprachen
mächtig war. Die Worte *Grand Hotel* tauchten jedoch auf
fast jedem auf und mit dem *Orient Express* war der ehemalige Besitzer des Behältnisses offenbar auch mehrmals
gefahren.

»Das ist Oma Agnes' Notkoffer«, flüsterte Wanja.

»Wozu braucht deine Oma einen Notkoffer?«, fragte Sam erstaunt und ein bisschen zu laut.

Wanja schlug den Deckel des Koffers zu und schaltete die Taschenlampe aus. »Schscht!!!«, zischte er und horchte in die Dunkelheit.

Außer dem Knacken der Dachbalken war nichts zu hören. Wenn dieses Wesen noch unten im Haus war, stapfte es wohl nicht herum. Wahrscheinlich machte es sich über den Inhalt des Kühlschranks her. Beim Gedanken daran knurrte Sams Magen.

Wanja knipste die Taschenlampe wieder an und hielt ihren Strahl auf einen verwitterten Gepäckanhänger am Griff. In krakeliger Schrift mit schon etwas verblasster Tinte stand dort geschrieben *Eigentum von,* und dann waren die Namen immer wieder durchgestrichen und durch andere ersetzt worden: *Arthur Ruben Emilia Leander Arabella* und schließlich *Agnes Wolke.*

Wanja leuchtete mit der Taschenlampe in den Koffer.

Ein Wecker fiel Sam zuerst ins Auge. Er war altmodisch wie der Koffer, man musste ihn von Hand aufziehen und obendrauf saßen zwei Schellen, zwischen denen ein Schläger rasselte, wenn die Weckzeit erreicht war. Außerdem enthielt der Koffer ein Buch, ein paar Werkzeuge, zwei Zahnbürsten, eine Thermoskanne und einen Gaskocher, wie man ihn beim Camping benutzte, etwas Pappgeschirr, ein paar Päckchen Zwieback und in runden Dosen: Schokolade.

»Darf ich?«, fragte Sam und griff nach einer der Dosen.

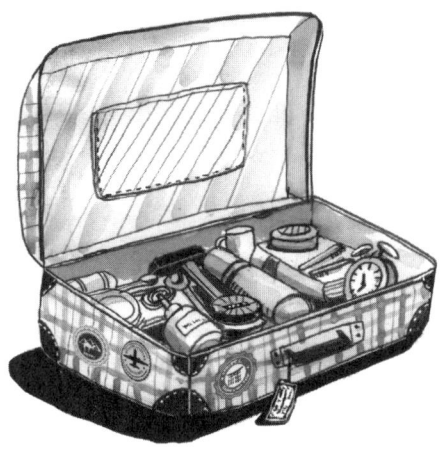

Unter den Dosen entdeckte sie – Geldscheine. Kleine Bündel in unterschiedlichen Farben. Sam erkannte sofort, dass es ebenfalls unterschiedliche Währungen waren. Dollars, Euros und Schweizer Franken.

»Und was ist das da?« Sam zeigte auf die dunkelroten, grünen und blauen kleinen Büchlein; ziemlich dünn waren sie und mit silbernen oder goldenen Buchstaben und Zeichen geprägt. Es waren mindestens zehn Stück oder sogar mehr. Eine mehrmals darumgewundene Kordel hielt sie zusammen.

»Reisepässe«, sagte Wanja und öffnete die Schnur.

Tatsächlich. Reisepässe aus sieben Ländern. *United Kingdom* stand auf einem, der mit einem Wappen geschmückt war, auf dem sich ein Löwe und ein Einhorn aufbäumten. »*Großbritannien*«, murmelte Sam. »*Sverige* …« Das stand auf dem zweiten, auf dem ein goldener Kompass abgebildet war.

»Sverige ist Schweden«, sagte Wanja und legte alle Dokumente vor sich auf den Boden. »Schlag auf!«

»Das bist ja du!«, stellte sie überrascht fest, als sie die Fotos sah.

»Und Oma.« Wanja hielt einen der anderen Pässe in der Hand. »Lies die Namen.«

Sam nahm sich den schwedischen Pass. Wanja grinste ihr von dem kleinen Foto entgegen. Nils Holgersson stand dort.

»Du bist doch gar keine Schwede!«

Wanja nickte. »Ich heiße auch nicht Nils Holgersson. In jedem Pass steht ein anderer Name. In Oma Agnes' Pässen auch.«

Sam erinnerte sich an einen Film im Fernsehen, den sie heimlich nachts mit Selina angeschaut hatte.

War Agnes Wolke eine Geheimagentin? Sam hatte noch nie gehört, dass eine Oma mit einem grauen Dutt und einer Schürze Geheimagentin war. Wanja schien ihre Gedanken zu erraten.

»Nein, sie ist kein James Bond«, sagte er.

»Wozu versteckt sie dann diesen Koffer auf dem Dachboden.«

»Sie ist eine Wächterin.«

Sam kapierte nicht, was das sollte.

»Sie bewacht den … den …« Wanja schwitzte und begann zu stottern

Sam starrte ihn ein paar Augenblicke an.

»Ist schwer zu erklären, aber du kannst mir glauben!«, sagte Wanja. »Lies das.«

Er reichte ihr das Buch aus dem Koffer. Der Umschlag bestand aus tannengrünem Leinen, auf das ein Bild eines Mannes in einer alten bräunlichen Kutte mit einem Weihnachtsbäumchen unter dem Arm aufgeklebt worden war.

»*Die schönsten Weihnachtsgeschichten aus aller Welt*«, las Sam den Titel laut vor. Sie hatte keine Lust, gerade jetzt Weihnachtsgeschichten zu lesen. Auch nicht aus aller Welt.

Wanja nahm das Buch und blätterte weiter: *Handbuch für die Wächter* stand dort. Er schlug weiter um und las vor: »In der neu bearbeiteten Fassung mit einer aktualisierten Liste der Zugangsberechtigten und verbindlichen Anweisungen für Notfälle sowie einem Weihnachtslexikon im Anhang.«

Jetzt verstand Sam gar nichts mehr. »Aber da stand doch etwas von wunderbaren Weihnachtsgeschichten aus aller Welt drauf!«

»Ist Tarnung, sollen nicht alle lesen, was wirklich drinsteht. Geheim.«

»Hast du es schon gelesen?«, fragte Sam.

»Klar, sonst wüsste ich ja nichts von den Sachen.«

»Und wie hast du den Koffer gefunden?«

Wanja druckste ein wenig herum, aber dann rückte er doch damit heraus: »Nach Weihnachtsgeschenken gesucht.«

Sam knuffte ihn in die Seite. Also doch, Wanja tat es genau wie Sam und wahrscheinliche alle Kinder mindestens einmal in ihrem Leben. Dabei hatte er vor ein paar Stunden noch den braven Buben gespielt, der niemals auf solche Ideen käme.

Sie griff wieder nach dem Buch. Obwohl es gerade mal das Format einer Postkarte hatte und eigentlich nicht sehr dick war, lag es schwer in ihrer Hand.

»Was sind das für Wächter?«, fragte Sam.

Wanja antwortete nicht, sondern öffnete eine der Dosen mit Schokolade. Er reichte Sam ein großes Stück, das sie gierig verschlang. Es war geradezu ein Festmahl, so hungrig war sie.

»So, und nun erzählst du mir alles oder ich hole diesen gehörnten Dingsbums von unten …«

»Er ist eine Percht und er gehört nicht hierher, es gibt sie nur in Süddeutschland und den Alpen!«, sagte Wanja.

»Den hole ich jedenfalls, und der heizt dir schon ein! Also; was oder wen bewacht deine Oma?«

»Die Wächter bewachen die Weihnachtswelt, was denn sonst?«, sagte Wanja.

Zehntes Kapitel,

in dem Sam und Wanja schon wieder
abhauen müssen

✳ ✳ ✳

Er hat Fieber, dachte Sam. *Oder er ist verrückt geworden.*
»Ich bin nicht verrückt«, sagte Wanja, als habe er Sams
Gedanken gelesen.

Sie setzten sich beide auf ein abgewetztes Sofa, dessen
Polster tief eingesessen waren. Sam hielt die Taschenlampe
und Wanja begann zu lesen. Schon nach den ersten Zeilen
verspürte Sam ein wohliges Gefühl. Sie war erstaunt, wie
flüssig Wanja las. Beim Vorlesewettbewerb hatte er es nicht
einmal im Schulentscheid in die zweite Runde geschafft,
aber diesen Text trug er mit ruhiger und fester Stimme vor,
ohne auch nur über ein Wort zu straucheln.

»Seit Anbeginn der Zeit, da die Weihnachtsmächte aller
Länder beschlossen, sich zu vereinigen und an einem Ort
die Monate zu verbringen, in denen sie nicht zum Glü-
cke der Menschen ihrer Aufgabe nachgehen, verweilen
sie in dieser geheimen Zuflucht, die vor der Neugier und
manchmal auch vor der Raffsucht der Menschen geschützt
werden muss. Es wurden vier Tore eingerichtet, durch die
sie in den Monaten der Weihnachtszeit unbemerkt kommen und gehen können.«

Wanja zog einen Zettel hervor, der an dieser Stelle zwischen den Seiten lag. »Aufgrund des großen Erdbebens im Bundesstaat Vermont wurde das nordamerikanische Tor wegen Einsturzgefahr dauerhaft geschlossen«, las er vor.

»Lies weiter«, drängte Sam ihn.

»Jedes Tor wird von einer Person aus dem zweiten Kreis der Weihnachtsmächte bewacht. Die Wächter verpflichten sich, ein unauffälliges und den Regeln der jeweiligen Nation entsprechendes Leben zu führen und zu verhindern, dass Unbefugte in Kenntnis der Pforte gelangen. Im Notfall sind sie befugt, Eindringlinge vorübergehend festzusetzen. Im allergrößten Notfall müssen sie das Tor schließen und den Schlüssel vernichten. Alle Tore haben folgende Mindestmaße …«

Wanja überschlug die nächsten Seiten. »… müssen Schlitten mit zwölf Rentieren durchpassen … Tarnung … Scheune … Lagerhalle oder ähnliche Gebäude …«, murmelte er.

»Was brummelst du in deinen nicht vorhandenen Bart?«, fragte Sam.

»Unsere Scheune«, sagte Wanja. »Das ist der Eingang.«

»Weiter!«, drängelte Sam.

»Dem Erben des Wächters wird an seinem elften Geburtstag ein Duplikat des Schlüssels überreicht, denn dann beginnt seine Ausbildungszeit.«

Wanja machte eine Pause. Er schaute Sam an und Sam verstand.

»Du bist der Erbe?«, fragte sie.

Wanja nickte.

»Und du hast morgen Geburtstag.«

Wanja nickte wieder. Er schaute auf seine Taschenuhr. »In genau 67 Minuten.«

Sam erinnerte sich an das kleine Päckchen, das unten auf dem Esstisch neben dem Kuchen mit den elf Kerzen gelegen hatte.

»Wir müssen noch einmal runter«, sagte Sam. »Dein Geschenk. Der Schlüssel ist bestimmt in dem Päckchen!«

»Und das Monster?«

»Dem gehen wir aus dem Weg.«

Wanja runzelte die Stirn.

»Hey, du bist der Erbe der Wächterin, ein bisschen mehr Mut wäre nicht schlecht«, foppte Sam ihn.

Das ließ Wanja sich nicht zweimal sagen. Er schob die Klappe zum Flur auf und wartete einen Augenblick. Dann schob er den Kopf vor. Die Luft war zumindest hier oben rein.

Auf Zehenspitzen schlichen sie runter ins Erdgeschoss.

Auch hier rührte sich nichts.

Sam überlegte, ob sie Wanja nach dem Telefon fragen sollte. Vielleicht hatte sie jetzt eine Chance, ihre Mutter anzurufen. Die machte sich bestimmt riesige Sorgen, schließlich war es fast Mitternacht. Sie standen jedoch schon vor dem Salon, und es war vielleicht wichtiger, zuerst das Päckchen zu holen.

Die Tür zum Salon bestand aus zwei Flügeln, die man nur zur Seite schieben musste. Wanja zog sie an dem einen Griff langsam auf, nur einen Spalt, um einen Blick in das Zimmer werfen zu können.

Schmatzende Geräusche drangen hinaus, dann sah Sam am Esstisch den gehörnten Kerl, der sie eben gejagt hatte. Von Wanjas Geburtstagskuchen lagen nur noch ein paar Krümel auf dem Tisch verstreut. Die Percht leckte sie mit der langen Zunge auf.

Wanja fluchte, ohne einen Ton von sich zu geben, und schob die Flügeltür behutsam zu. Auf den letzten Zentimetern schrappte der Metallrahmen, in dem das Buntglas der Scheiben der Tür gehalten wurde, über den Boden. Das Geräusch war kaum zu hören, aber leider klirrten auch die Scheiben.

Sofort grunzte die Percht. Sam und Wanja konnten sie zwar nicht sehen, aber sie hörten ihre schweren, harten Schritte. *Tack tack tacktacktacktacktack* schlugen sie auf die Holzdielen.

»Zurück!«, schrie Wanja, aber die Percht durchschlug schon die Glasscheiben mit ihren Hörnern.

Sam schrie auf. Sie stolperte ein paar Schritte nach hinten. Sie spürte Wanjas Hand an ihrem Ärmel. Er riss sie mit sich zur Küche.

»Nichts wie raus!«, rief er.

Sam folgte ihm. Kaum hatten sie die Küche erreicht, hörten sie schon wieder die tackernden Schritte ihres Verfolgers.

»Die Tür!«, sagte Sam.

Wanja zeigte auf den wuchtigen Küchentisch. Mit vereinten Kräften zerrten und schoben sie ihn zur Tür.

Rums, knallte die Percht von draußen gegen das Türblatt. Der Tisch ruckte ein paar Zentimeter nach vorne. *Rums*, machte es erneut. Wieder hatte sich das Monster mit voller Wucht gegen die Barriere geworfen.

»Lange hält das nicht«, sagte Sam.

Sie schaute sich um und zeigte auf den alten Geschirrschrank. Obwohl sie sich mit aller Kraft dagegenstemmten, rührte sich das wuchtige Möbelstück keinen Zentimeter. Im selben Augenblick zersplitterte die Küchentür, der Tisch rutschte fast bis zu seinem angestammten Platz.

»Weg hier«, rief Wanja.

Sam folgte ihm zur Hintertür, die im Sommer zum Gemüsegarten führte. Sie machten sich gar nicht mehr die Mühe, die Tür hinter sich zu schließen. Auf Socken stürmten sie hinaus in den Garten. Es hatte aufgehört zu schneien, aber Sam sank bis zu den Waden in den kalten, weißen Teppich ein.

Ohne darüber nachzudenken, stapfte sie hinter Wanja her. Er war auf dem Weg zur Scheune, deren Tor jedoch verschlossen war. Ein schwerer Riegel aus Holz lag über beiden Flügeln des Zugangs. Sam versuchte, ihn hochzuschieben. Er saß fest. Sie klemmte eine Schulter darunter und drückte sich aus den Knien nach oben. »Hilf mir«, forderte sie Wanja auf. »Meine Füße erfrieren.«

Sie standen beide immer noch in ihren Socken da. Wanjas Extrazeh lugte hervor. Er war tiefblau verfärbt.

»Geht nicht auf«, sagte er, doch in diesem Moment bewegten sich die beiden Türhälften.

Der Riegel teilte sich in der Mitte. Es war eine Attrappe, fest mit den Toren verbunden, man hätte daran ziehen und drücken können, soviel wie man wollte. Die Türflügel rollten wie auf zwei Schienen lautlos nach oben. Wanja zog Sam in den Schatten hinter der Ecke der Scheune.

Ewas trappelte heran.

Sam glaubte schon, die Percht sei ihnen auf den Fersen, aber das Geräusch unterschied sich von dem Klackern der klobigen Stampfer des Gehörnten. Es waren auch mehr Füße als nur zwei, die da trappelten oder tapsten. Ein Hecheln aus vielen Kehlen mischte sich dazu und jemand schrie: »Ho! Langsam, ihr Bestien.«

Darauf jaulte es aus mehreren Kehlen, und Sam erkannte, von welchen Tieren dieses Heulen stammen musste.

Wölfe.

Hier gibt es keine Wölfe, ging es Sam durch den Kopf, aber ihre Augen täuschten sie nicht.

Ein Gespann mit acht Wölfen rauschte auf das Tor zu. Sechs der Tiere waren grau, zwei schneeweiß, alle fast so groß wie Sams Pony. Die Zügel hielt ein alter glatzköpfiger Mann fest in der linken Hand, mit der rechten schwang er eine lange Peitsche aus rotem Leder. Immer wieder schnalzte sie über den Köpfen der Zugtiere. Hinten, auf den Kufen des Schlittens, stand jeweils eine Percht, ähnlich der im Haus.

Auf der Sitzbank lag ein brauner Sack mit einer Aufschrift. Der Sack war recht groß und gefüllt. Eine grobe Kordel hielt ihn verschlossen.

Erst ganz knapp vor dem Tor verlangsamten die Wölfe ihren Lauf. Der Schlitten schleuderte ein wenig zur Seite, fand aber den Weg in die Scheune. Die Tiere hechelten, Geifer tropfte aus den geöffneten Lefzen. Einer der beiden weißen Wölfe fletschte die Zähne und knurrte seinen Nachbarn im Geschirr an, der sofort die Ohren anlegte und nur noch leise wimmerte. Das beruhigte den Leitwolf jedoch nicht. Er setzte zum Sprung an.

Die Perchten sprangen von den Kufen und rannten nach vorne. Jede packte eines der Tiere im Nackenfell und zog sie zurück. Die Wölfe jaulten vor Schmerz noch einmal auf.

»Quält meine Engelchen nicht, ihr Grobiane!«, hörte Sam eine Mädchenstimme aus dem Inneren der Scheune. »Endlich bist du zurück, Boreslav. Es wurde höchste Zeit.«

Sam klapperten schon die Zähne. Das war wirklich nicht die richtige Jahreszeit, um im Pullover und auf Socken um eine geheimnisvolle Scheune zu schleichen und fremde Leute zu beobachten. Sie streckte die Nase ein Stück vor, um wenigstens einen Blick auf das Geschehen drinnen werfen zu können.

»Schnell«, zischte Wanja neben ihr.

»Was?«, fragte Sam.

»Hinein.« Er zeigte nach oben.

Das Scheunentor sank schon wieder lautlos nach unten. Sam zögerte nicht. Sie trat einen Schritt vor. Das Tor rollte schnell und schneller nach unten, der Spalt war nur noch einen halben Meter breit. Fast gleichzeitig schibbelten sich Sam und Wanja unten drunter durch. Ein Klicken hinter ihnen. Der Zugang war versperrt.

Elftes Kapitel,

in dem ein wertvolles Paket für das
Mädchen abgeliefert wird

✳ ✳ ✳

»Nicht doch, Braganza, sei brav«, beruhigte das Mädchen
die weiße Wölfin und streichelte sie zwischen den Augen.
Sein liebevoller Ton schlug in klirrende Kälte um, als es die
Percht zu seiner Linken anherrschte: »Niemals, hörst du,
dummer Kerl, *niemals* darfst du Bonaparte neben die Her-
zogin von Braganza spannen. Sie können sich nicht ausste-
hen.«

Die Percht schlug die Augen nieder. Sie nahm mit ihrem Kumpan das Gespann und führte die Tiere durch den
dunklen Tunnel, der sich an den Vorhof anschloss. Diese Scheune war eine gute Tarnung für das westliche Tor.
Nicht zu vergleichen mit dem schäbigen Zugang in der
grönländischen Eiswüste, der kaum noch genutzt wurde.

Hinter dem Tunnel lagen die Stallungen für die Zugtiere
und die Remisen für die Schlitten. Ein fernes Jaulen drang
durch die Dunkelheit. Die zurückgebliebenen Wölfe be-
grüßten ihre Gefährten. Ein paar Rentiere röhrten, sie wit-
terten die Raubtiere und fürchteten sich.

Das Mädchen schritt um den Schlitten herum. Als es über
die Kufe auf den Sitz steigen wollte, schreckte es zurück.

Da war ein Geräusch gewesen.

Jemand hatte gejammert, sogar geflucht? Flüche am Vorabend des Nikolaustages und dann auch noch im Zentrum des vorweihnachtlichen Friedens! Auch wenn dem Mädchen all das seit Jahren auf die Nerven ging, an die Regeln musste man sich halten. Geflucht wurde nicht!

Das Mädchen trat wieder einen Schritt zurück, schaute sich um. »Ist da wer?«, schickte es seine Frage vorsichtig ins Dämmerlicht. Nur zwei schwache Laternen beleuchteten den hohen Raum, der bei diesem Licht wie ein gewölbtes Kirchenschiff wirkte.

»Herrin«, meldete sich jemand zu Wort.

Das Mädchen schreckte zusammen.

Boreslav kroch unter dem Schlitten hervor. Er verbeugte sich tief.

»Was treibst du da?«, blaffte das Mädchen seinen alten Diener an. »Warum erschreckst du mich so?«

Der Glatzkopf streckte ihr seine fettverschmierten Hände entgegen. »Ich bitte um Verzeihung. Eine Spange an der Federung hatte sich gelöst. Ich wollte nicht, dass die Herrin beim nächsten Mal unbequem sitzt.«

»Sehr aufmerksam«, sagte das Mädchen. Ein gequältes Lächeln verzerrte dabei sein Gesicht. *Macht sich der Kerl über mich lustig?*, fragte es sich. Er wusste doch genau, dass seine Herrin so gut wie nie ausfahren konnte, dass es ihr eigentlich sogar streng verboten war. Er hatte das Mädchen bestimmt schon einmal beobachtet, wie es sich einfach so in den Schlitten setzte, die Felldecken über die Beine breitete und wenigstens so tat, als reise es durch die Lüfte zu all den Kindern, die auf Geschenke warteten.

Du solltest nicht übermütig werden, alter Kerl!, dachte das Mädchen. *Ich muss nur einmal mit dem Finger schnipsen, und du findest dich irgendwo in den tiefsten Winkeln des Kellers wieder und schaufelst Kohle in die Öfen.*

Im Moment brauchte es den alten Kerl aber noch.

»Was macht unsere wertvolle Fracht?« Das Mädchen stupste den Jutesack mit einem Fuß an.

Die Augen des Dieners weiteten sich. Er trat einen Schritt vor, beherrschte sich jedoch. Das Mädchen genoss seine Unterwürfigkeit.

Der ehemalige Kohlenkeller, dachte das Mädchen, *der ist genau richtig.* Es befahl dem Glatzkopf, das Paket in den hintersten Kohlenkeller zu bringen. Ohne Widerworte schulterte der Glatzkopf den Sack und verschwand mit ihm in der Dunkelheit.

»Du schreckst auch vor nichts zurück!«, ertönte eine Stimme aus dem Tunnel.

Wieder zuckte das Mädchen zusammen. Es musste sich diese Schreckhaftigkeit unbedingt abgewöhnen.

»Dass du diese alte Schachtel von Wächterin einfach schnappst, ist schon eine …«, er suchte nach dem richtigen Wort, »… eine Frrrescheheit.«

»Eine Frechheit, das meinen Sie wohl. Ich darf Sie daran erinnern, mein Lieber, dass das alles nur passiert, damit sich ein gewisser Mister Ze-«

»Keine Namen, keine Namen. Halte dich gefälligst an unsere Abmachungen. Anyway, es ist eine Frechheit, was du jetzt gemacht hast … Ui, ui, ui!« Er wedelte mit einer Hand und unterstrich damit seine Worte.

»Ohne meine Hilfe könnten Sie sich nicht das ganze Weihnachtsgeschäft unter den Nagel reißen, das steht mal fest.« Die Stimme des Mädchens kiekste nun ein bisschen, all die gespielte Süße verlor sich. Was fiel dem Kerl eigentlich ein? Bald würde er alles in der Hand haben, die geheimsten Wünsche der Kinder als Erster kennen, die ganze Welt mit seinen Paketen überschwemmen.

Das Mädchen zog das kleine schwarze Kästlein mit dem Tastenfeld aus seinem Muff hervor. Es war ein Geschenk des ungeliebten Gastes.

»Darf ich Sie jetzt herauslassen, mein Wertester? Für diesen automatischen Türöffner bin ich Ihnen wirklich im höchsten Maße dankbar. Ein Wunderwerk der Technik, so etwas kann man auch nur bei Ihnen erfinden«, schmeichelte es ihm. »Was war das doch früher für eine Plackerei, wenn man das Tor mit diesem rostigen Ding da öffnen und schließen musste. Diese altmodische Trulla, diese Frau Wolke, war nicht davon abzubringen, bis sie es im letzten Jahr nicht mehr geschafft hat, das Ding hochzukurbeln.«

Ein Druck auf einen Knopf auf der Fernbedienung, und das Tor schwebte leise surrend nach oben. »Einen Schlitten muss ich Ihnen wohl nicht bestellen?«, fragte das Mädchen.

Der Hohn in der Stimme des Mädchens war nun nicht mehr zu überhören. Das wurmte den Amerikaner am meisten: Niemals würde er in einem Schlitten von Rentieren gezogen durch die Lüfte schweben. Dieses Schicksal teilten sie beide.

Der Mann im roten Samtanzug und der karierten Kappe wischte ein Staubkörnchen von seinem Ärmel, trat auf das

Mädchen zu und packte es am Kragen seines Pelzmantels. Ohne Mühe hob er es ein gutes Stück vom Boden. Der feste Griff schnürte dem Mädchen in Sekundenschnelle den Hals zu. Die Luftnot trat unvermittelt ein. Nur ein Krächzen kam aus seiner Kehle.

»Hüte deine Zunge. Ich mache dich platt, wenn du dich nicht genau an die Vereinbarungen hältst, und vielleicht mache ich dich auch einfach so platt. Ich bin nur auf den Werbetafeln und den Zeitungsanzeigen und in den Fernsehspots nett. Außerdem weißt du ganz genau, dass alle deine Umfragen gefälscht sind. Nur noch 49,98 Prozent glauben an das Christkind? Ha!«, stieß er laut aus. »Dass ich nicht lache.«

Er ließ eine lange Pause. Für einen kurzen Moment schlich sich bei dem Mädchen der Gedanke ein, dass es vielleicht ein Fehler gewesen war, sich auf Rey Zebos einzulassen.

»Oder vielleicht sollte ich dem lieben Joulupukki oder der reizenden Befana oder noch besser dem Kollegen Nikolaus erzählen, dass du nicht nur die Wächterin betäubt und sie in eine Wäschetruhe gesperrt hast, sondern nicht einmal davor zurückschreckst, das Christkind persönlich in einen Sack zu stecken und in den Kohlenkeller zu werfen?«

Zwölftes Kapitel,

in dem Sam und Wanja in der Weihnachtswelt
herumschnüffeln

✳ ✳ ✳

Auf Sams Lippen lag immer noch Wanjas Hand. Sie roch
nach Seife und war ganz kalt.

Als das Tor hinabgeglitten war, hatte es Sams linken
Fuß erwischt und eingeklemmt. Ein gar nicht so leises
»Autsch!« war ihr entfahren und ein Fluch, für den es mit
ihrer Mutter schlimmen Ärger gegeben hätte. Das Mädchen, das gerade den Schlitten hatte besteigen wollen,
wäre fast auf sie aufmerksam geworden. Da hatte Wanja
blitzschnell seine Hand auf Sams Mund gepresst, sie mit
dem anderen Arm umschlossen und versucht, sie zu beru-
higen, ohne selbst einen Mucks von sich zu geben.

Obwohl der Schmerz in ihrem Knöchel im ersten Moment brannte wie ein Höllenfeuer, gab Sam keinen Ton
mehr von sich. Das lag auch daran, dass Wanjas Arme sie
fest und doch irgendwie beruhigend umschlangen. Das
war gar kein schlechtes Gefühl, merkte Sam. Der schmale
Wanja war kräftiger, als sie gedacht hatte.

Im ersten Augenblick hatte Sam gar nicht richtig mitbekommen, was in der Scheune passierte, und über was das
Mädchen mit dem Glatzkopf und dann mit diesem Mann
gesprochen hatte.

Erst als das Tor wieder nach oben glitt und der Mann hinausgegangen war, hatte sie das Bein schnell hineinziehen können.

Sam erkannte den Mann sofort. Es war der Herr aus dem Auto, der sie nach dem Weg gefragt hatte.

Immerhin ließ das Pochen in ihrem Fuß schon nach. Es war wohl nichts gebrochen, nur ein wenig gequetscht. Vielleicht vergaß sie den Schmerz vor lauter Aufregung auch einfach.

Bisher war Sam sich nicht sicher gewesen, ob das hier alles nicht eines von Wanjas verrückten Spielchen gewesen war. Zuzutrauen wäre es ihm. Im Haus von Frau Wolke gab es unglaublich viel alten Plunder; ein paar Klamotten, mit denen man sich als Percht verkleiden konnte, fanden sich ganz bestimmt. Am Ende, hatte sie gedacht, entpuppt sich das gehörnte Monster als Agnes Wolke selbst.

Wächterin! Weihnachtswelt! Falsche Pässe! Das Handbuch! Sam war keine Spielverderberin und Wanjas Geschichten bereiteten mehr Spaß als jedes Computerspiel. Und mit einem Abkömmling von Trollen war auch nicht jeder befreundet.

Zwei Dinge sprachen jedoch eindeutig dagegen, dass das alles hier ein wilder Streich war: Niemals hätte Frau Wolke erlaubt, dass sich jemand über Wanjas Geburtstagskuchen hermachte, wie diese Percht es getan hatte. Und außerdem kannte Sam im Umkreis von mindestens hundert Kilometern niemand, der acht Wölfe zu dem Streich beisteuern konnte. Nicht einmal acht Hunde, die wie Wölfe aussahen.

Das Tor hatte sich geschlossen.

»Alles in Ordnung?«, flüsterte ihr Wanja ins Ohr. Er hielt ihr immer noch den Mund zu.

Sie nickte und er ließ los.

»Lass mal sehen.« Wanja nahm ihr Bein, schob die Hose ein wenig hoch und den Strumpf ein wenig runter. »Sieht gut aus«, sagte er.

»Ist auch der andere Knöchel«, sagte Sam.

Wanja schnaubte. Sie lächelten beide. Der andere Fuß sah aber auch nicht so schlecht aus: ein blauer Striemen, eine leichte Schwellung. »Kannst du auftreten?«

Sam machte einen Versuch. Es zwickte ein bisschen, aber schlimmer war, dass ihre Füße mittlerweile eiskalt waren. Wanja schien es scheinbar weniger auszumachen, auf Socken durch den Schnee zu spazieren. Er guckte auf seine Zehen hinab und sagte verschmitzt: »Trollverwandtschaft, du weißt schon!«

Wanja stieg hinten auf den Schlitten und öffnete die Holzkiste, die dort befestigt war. »Wusste ich doch«, sagte er zufrieden. Er zog etwas hervor, das Sam nicht sofort erkannte. »Komm schon her«, befahl Wanja.

Es war ein Paar Stiefel aus grobem braunem Leder, mit einem molligen Fell gefüttert. Einige andere Ausrüstungsgegenstände für Notfälle, Werkzeuge, Decken und Seile, falls die Zügel beschädigt wurden, lagen in dem Kasten. Wanja nahm sich nur ein Messer in einer Scheide aus silbernem Metall heraus.

»Für alle Fälle«, sagte er und steckte es sich in den Gürtel.

Sam probierte die Stiefel an. Sie waren zwei Nummern

zu groß, aber sie wärmten ihre blau gefrorenen Zehen auf der Stelle.

»Kann losgehen«, sagte Sam.

»Bist du sicher?«, fragte Wanja.

»Natürlich! Deine Oma wartet auf unsere Hilfe.«

»Und das Christkind!«

Das kann warten, hätte Sam fast gesagt, aber ihr war klar, dass das ein bisschen vorlaut geklungen hätte. Was hier wirklich im Gange war, verstand Sam noch nicht, aber irgendwer hatte einen hinterhältigen Plan geschmiedet, das war sicher.

Sam nahm vorsichtig eine der Petroleumlampen, die am geschwungenen vorderen Ende der Kufen des Schlittens für ein bisschen Licht sorgten. Damit ausgerüstet, wagten sie sich in den dunklen Tunnel, in dem vor ihnen zuerst die Perchten mit den Wölfen, der Glatzkopf mit dem Sack und zuletzt das Mädchen, das hier das Sagen zu haben schien, verschwunden waren. Der Weg stieg ein wenig an.

Sie waren kaum ein paar Meter gegangen, als sich die Dunkelheit wie ein drückender schwarzer Nebel ausbreitete. Sam tastete nach Wanjas Hand, und sie spürte, dass er es ihr gleichtat. Die Laterne in ihrer Rechten strahlte kaum ein paar Zentimeter weit, nicht einmal einen noch so kleinen Lichtkranz konnte sie der Dunkelheit abtrotzen.

Der Boden unter den Sohlen verlor sich mit jedem Schritt. Ihre Hand klammerte sich etwas fester um die von Wanja. Sie zog ihn beinahe schon, und plötzlich spürte Sam, wie sich seine Finger ganz langsam von den ihren lösten.

Das durfte auf keinen Fall geschehen!

Sam drehte sich herum, aber sie sah absolut nichts. Sie blieb stehen. »Wanja?«, flüsterte sie, dann wiederholte sie es lauter, aber der Nebel schluckte den Schall. Erst beim dritten Ruf drückte Wanja ihre Hand und sie zog ihn zu sich. Jetzt wünschte sie sich plötzlich ganz heftig, dass er noch einmal seine Arme um sie legte.

»Puh, man verliert voll die Orientierung in dicke Suppe«, hörte Sam plötzlich Wanjas Stimme ganz nah an ihrem Ohr.

Sie zuckte zurück, ihre Hände lösten sich, und Sam stolperte rückwärts, bis sie gegen etwas am Boden stieß und im nächsten Augenblick auf dem Hosenboden saß. Die Lampe glitt ihr aus der Hand und zerschellte auf dem Untergrund. Das Glas zersplitterte, das Petroleum lief aus und flackerte kurz über den Boden, und versiegte dann schnell.

Nun war es wirklich stockduster.

»Wanja«, rief Sam wieder, aber dieses Mal gab es keine Antwort und es drückte auch niemand ihre Hand.

Sam stand auf und streckte die Arme weit nach vorne aus wie eine Nachtwandlerin. Irgendwo musste Wanja doch sein. Ein paar Mal sagte sie seinen Namen, drehte sich dabei einmal um die eigene Achse, tastete in alle Richtungen.

Sie tat einen Schritt vor. Sam spürte, dass dieser Schritt bergab gegangen war. Das war falsch, denn sie waren vorher immer nach oben gegangen, der Weg stieg wenig, aber deutlich spürbar an.

Endlich hörte Sam ein Geräusch, nein, es war eine Stimme, die flüsterte. Das musste Wanja sein.

»Von drauß'n vom Wald da komm'sch her un' muss euch saggn, es weihnach'et sähr …«

Er sagte das alte Gedicht, das sie vor Jahren mit ihrer Mutter auswendig gelernt hatte, in einer etwas sonderbaren Mundart auf. Zwischendrin übersprang er ein paar Verse.

»Die Rute, die isch hier; doch für 'd Kinner nur, die schlecht'n, die trifft'sch auf den Teil den rescht'!«

Nun stand er ganz nah bei Sam und sie griff in die Dunkelheit. Sie bekam Wanjas Arm zu fassen. Ein Seufzer der Erleichterung entschlüpfte ihr, aber das Gefühl währte nur einen Augenblick.

Die Hand, die Sams Hand umschloss, war viel zu groß. Zu groß, zu knochig und überwuchert mit dichten Haaren, die sich wie die Holzwolle anfühlte, mit der ihr Vater im vergangenen Herbst das Dach zur Wärmedämmung verkleidet hatte.

»Wer bischt?«, fragte jemand.

»W-w-w-er bist d-u-u?«, entgegnete Sam.

Eine Antwort bekam sie nicht, denn eine Glocke läutete in einiger Entfernung. Der Fremde knurrte noch etwas, machte sich von Sam los und entfernte sich schnell.

Egal, wer es war – Sam wollte raus aus dieser Dunkelheit. Sie rannte einfach los. *Aufwärts, aufwärts*, hämmerte es in ihrem Kopf. Nach nur wenigen Metern knallte sie mit jemand zusammen.

»Da bist du ja!«, sagte Wanja. »Das ist vielleicht ein sonderbarer Durchgang«, fügte er hinzu.

Jetzt hielt er Sam wirklich in den Armen, aber sie machte sich sofort frei und fragte noch ganz außer Atem: »Hast du ihn gesehen?«

»Wen?«

»Ich weiß es nicht. Er hat ein Gedicht aufgesagt und er hatte kratzige Haare auf den Händen. Er muss gerade eben vor mir hier entlanggekommen sein.«

Wanja zuckte die Achseln. »Hier war niemand. Hier schlafen alle. Guck mal, nur ganz oben, in dem Turm da, brennt ein Licht.«

Sam schaute sich um.

Sie befanden sich in einem weitläufigen Hof, der mit grauen Steinen gepflastert und von Arkadengängen gesäumt war, steinerne Bögen, hinter denen die halbhohen Tore zu erkennen waren, wie Sam sie aus ihrem Reitstall kannte. Aus einem schaute ein Rentier. Noch nie hatte Sam ein solches Tier in echt gesehen. Es war kleiner, als es in den Filmen wirkte.

Auf der Längsseite stand das Tor zu einer großen Remise offen; es war ein Raum von sicher dreißig mal fünfzehn Metern, in dem in Reih und Glied ganz ähnliche Schlitten geparkt waren wie der, den Sam und Wanja draußen gesehen hatten.

»Da hinten ist eine Tür «, flüsterte Wanja.

Sie umrundeten die Fahrzeuge. Wanja drückte vorsichtig die Klinke hinunter. Sie gelangten in einen kleinen Flur, von dem wiederum verschiedene Räume abgingen. An jeder Tür verrieten Schilder aus weißer Emaille mit zackigen, altmodischen Buchstaben darauf, was sich dahinter verbarg.

»W-a-s-c-h-k-ü-c-h-e«, entzifferte Wanja konzentriert die Schrift auf einem der Schilder.

Als sie sich um die nächste Ecke schlichen, zuckte Sam zusammen. Ganz hinten am Ende des Gangs hatte sie eine Bewegung wahrgenommen. Sie hielt Wanja zurück und duckte sich, dann linste sie um die Ecke.

Es schliefen anscheinend doch noch nicht alle in diesem sonderbaren Haus.

Fix huschten Wanja und Sam durch den Flur. Bei den Stiefeln, die hier aufgereiht waren, machte Sam kurz halt. An jedem Paar hing ein kleines Schildchen, damit die Dienstboten sie nicht verwechselten. *Père Noël* stand auf dem einen, *Joulupukki* auf einem anderen, *Santa Claus* las Sam, *Väterchen Frost* und: »*Sankt Nikolaus*«, flüsterte sie.

»Glaubst du jetzt, was ich dir sage?«, fragte Wanja.

Sam wusste längt nicht mehr, was sie glauben sollte und was nicht. Vielleicht war sie eingeschlafen und träumte das alles nur. Sicher saß Selina unten im Wohnzimmer und schaute eine ihrer schnulzigen Lieblingsserien. Der Busunfall, Wanjas Überraschungsbesuch, gerade als Sam nach den Weihnachtsgeschenken suchte – bestimmt war alles nur der Anfang von einem verrückten Traum.

Aber statt Wanja eine Antwort zu geben, hielt sie ihm die ausgestreckte Hand hin und fragte: »Wo fangen wir an zu suchen?«

Wanja klatschte sie ab. »Wir müssen dieses Mädchen finden. Sie hält Oma Agnes gefangen, der Mann im roten Anzug hat es gesagt. Wir müssen zu ihr.«

Das klang vernünftig, aber es stellte sich bald heraus, dass der Plan einfacher klang, als er war, denn als Sam und Wanja den Flur entlanggingen, fand sich nirgendwo ein Treppenhaus, das hinauf in die herrschaftlichen Räume führte.

»Die Treppen müssen von einem der vielen Räume hier unten abgehen«, sagte Sam, nachdem sie eine Weile herumgeirrt waren.

»Vielleicht gibt es einen Aufzug?«, schlug Wanja vor.

Einen Aufzug hatten sie allerdings nirgendwo gesehen, und Sam bezweifelte, dass es in diesem alten Gemäuer einen gab. »Wir müssen in jedes Zimmer einzeln schauen.«

»Oder vom Hof über die Balkone hinaufklettern«, sagte

Wanja, aber es stand in seinen Augen geschrieben, dass er von seinem eigenen Vorschlag nicht sehr begeistert war. Außerdem war die Gefahr, dort draußen erwischt zu werden, viel zu groß.

Sam legte die Hand auf die Klinke einer der Türen. Sie schaute Wanja fragend an. Er nickte, winkte dann jedoch ab und ging in die Hocke, um ein Auge ans Schlüsselloch zu pressen.

»Dunkel«, flüsterte er.

Nun öffnete er die Tür einen winzigen Spalt weit. Sie horchten zuerst, aber es drang kein Ton nach draußen. Sam zog die Tür weiter auf und tat einen Schritt hinein.

Etwas klirrte. Sie tastete neben der Tür nach einem Schalter. Als sie ihn fand und umlegte, verbarg sie das Gesicht schnell in der Armbeuge, so hell brannten ihr die Tausende, vielleicht sogar Millionen Lichtblitze in den Augen.

Dreizehntes Kapitel,

in dem Sam und Wanja mucksmäuschenstill sein müssen

✳ ✳ ✳

»Wow«, sagte Wanja. Auch er blinzelte, geblendet von dem flirrenden Glanz.

Bis unter die Decke reichten die Regale, in denen silberne und goldene Weihnachtsbaumspitzen aufgetürmt waren, jede in einzelne durchsichtige Folien und stabile Kartons mit Fenster verpackt. Es schien, als könnte man die ganze Stadt, nein, das ganze Land mit diesem Schmuck versorgen.

Sam und Wanja gingen von Raum zu Raum. In jedem fanden sie Unmengen Weihnachtsschmuck: Christbaum-kugeln in allen Farben, groß wie Pampelmusen und klein wie Kirschkerne, matt oder glänzend oder bestreut mit Glimmer. Krippenhäuschen, ganze Herden von Schafen mit unzähligen Hirten, Ochs und Esel, Maria und Josef aus Holz, Glas, Ton und welchem Material auch immer. Strohsterne, Weihnachtspyramiden, Kurrendesänger, die auf aufziehbaren Spieluhren thronten. Elektrische Lich-terketten hatten ihr eigenes Lager, im Nachbarraum wur-den die echten Kerzen aus Wachs und im nächsten die Kisten mit Wunderkerzen gelagert. Dort warnte ein gro-ßes Schild:

OFFENES FEUER UND RAUCHEN STRENGSTENS VERBOTEN.

»Weihnachten kann kommen!«, sagte Sam und grinste.

Voller Spannung schleppte sie Wanja in den nächsten Flur und riss gleich die erste Tür auf. Auch in diesem Zimmer war es dunkel, aber etwas war anders als in all den anderen Räumen.

Es roch sonderbar.

Streng. Nach etwas, das Sam schon einmal gerochen hatte. Ein bisschen wie Katzenpipi und wie Herr Butenkamp, wenn er viel Schnee geschippt und dabei sehr geschwitzt hatte. Es roch wie die Percht im Haus von Wanjas Großmutter. Sam wollte gerade Wanja rückwärts aus dem Raum schieben, als im Flur eine Glocke schrillte.

Stockbetten, immer drei übereinander, zeichneten sich im dämmrigen Licht ab. Ein unleidiges Knurren und Grunzen setzte ein. Ein paar der Gestalten wälzten sich in den Betten von einer Seite auf die andere.

Sam rührte sich nicht. Wanja drückte ihre Hand ein bisschen fester. Beide hielten die Luft an. Wie auf ein Kommando pressten sich Sam und Wanja hinter die Tür. Eine Gestalt erschien im Rahmen. Ein Lichtstrahl fiel in den Raum.

Sam konnte die Perchten in ihren Betten nun gut erkennen. Der ganze Raum war voll von ihnen.

»Ihr stinkt, das ist nicht auszuhalten!«, schimpfte die Person an der Tür.

Wanja drückte sein Auge an den schmalen Schlitz zwischen Türblatt und Rahmen. Dort stand einer der Glatzköpfe, der nun zwei der Gestalten in den Betten aufforderte, auf der Stelle hinauf zur Herrin zu kommen. »Ich verstehe nicht, wie sie euch erträgt«, sagte der Glatzkopf im Flur. »In den Stall gehört ihr und nicht in ordentliche Betten!«

Eine Percht mit abgebrochenem Horn machte ein paar Schritte zur Tür, stieß einen tiefen Schrei aus und bleckte dabei die braun angelaufenen Zähne. Der Glatzkopf quietschte erschrocken auf, und Sam hörte, wie sich seine Schritte entfernten, während er weiter auf die Perchten schimpfte.

Der Einhörnige zerrte eine andere Percht an deren dickem geflochtenem Zopf aus dem nächsten Bett, gab ein paar Töne von sich, die vielleicht auch Worte sein konnten, die Sam aber nicht verstand.

Ihr traten Schweißperlen auf die Stirn. Wenn die beiden nun nach draußen gingen und die Tür hinter sich schlössen, waren sie verloren. Zu Sams Überraschung taten die Perchten aber das Gegenteil, sie durchschritten die Reihen der Betten durch den Mittelgang in die entgegengesetzte Richtung, wo der Schlafsaal mit einer Wand aus rohen Backsteinen endete.

Dort hingen zwei Windlichter an einem Haken. Der Einhörnige nahm eines davon, zündete es an und mit der freien Hand drückte er gegen einen Ziegelstein. Daraufhin sprang ein Teil der Wand eine Handbreit nach vorne und ließ sich mit einem leichten Stoß öffnen.

Die beiden Perchten verschwanden durch die Öffnung, worauf sich die Wand mit einem leisen Quietschen wieder schloss.

Sam schaute Wanja fragend an, wartete aber nicht auf eine Antwort. Auf Zehenspitzen schlich sie durch den schmalen Gang zwischen den Stockbetten. Wanja zupfte an ihrem Ärmel, aber Sam ließ sich nicht beirren.

Als im mittleren Bett, direkt neben ihnen, einer der Schläfer einen tiefen Seufzer ausstieß und sich mit Schwung auf die andere Seite warf, erstarrten Sam und Wanja für einen kurzen Moment wie zwei Marmorstatuen im Museum.

Am anderen Ende des Raumes angekommen, deutete Sam auf das zweite Windlicht. Wanja verzog das Gesicht, nahm die Laterne jedoch vom Haken.

Sam tastete die Steine der Wand ab. Mit einem dieser Ziegel wurde die unsichtbare Pforte in der Mauer entriegelt. Ihre Finger glitten über die raue Oberfläche.

»Mist«, zischte Sam leise.

»Was?«, fragte Wanja.

»Sie fühlen sich alle gleich an«, flüsterte Sam.

»Du musst einfach einen nach dem anderen drücken«, erwiderte Wanja und machte es Sam vor.

Augenblicklich sprang die Tür ein paar Zentimeter vor. Wanja erschreckte sich und hopste einen Schritt zurück. Das Windlicht entglitt ihm und schepperte auf den gefliesten Fußboden.

Sam starrte ihn mit weit aufgerissenen Augen an.

Wanja starrte zurück.

»Schnell«, befahl Sam nach einem Augenblick des Schreckens, der sie einen Herzschlag lang gelähmt hatte.

Hinter sich hörte sie das Rumoren der Perchten, die so rüde in ihrem Schlaf gestört wurden. Die Sprungfedern der alten Betten quietschten, Schmatzen und Grummeln erfüllte den Schlafsaal. Bevor die unangenehmen Gesellen ihre vom Schlaf verklebten Augen öffnen konnten, schob Sam ihren Freund in den Gang, der sich vor ihnen auftat.

Von innen war die Pforte mit schlichten Holzlatten verkleidet, an einem Türknauf konnte man sie zuziehen und verschließen.

Sie lehnten sich beide mit dem Rücken dagegen und schnauften dreimal tief durch.

Vierzehntes Kapitel,

in dem eine ganz besondere Person beim Fußbad
gestört wird

Sams Augen brauchten eine Weile, bis sie sich an die Dunkelheit gewöhnt hatten, aber nach ein paar Minuten konnte sie genug sehen. Sie befanden sich in einem Gewirr von Gängen, die anscheinend das ganze Haus durchzogen.

»Es sind Geheimgänge«, flüsterte Wanja.

Sie waren sich nicht sicher, wie dick die Wände waren und ob man sie vielleicht dahinter hören konnte.

Alle paar Meter durchbrachen Lichtstrahlen die Dunkelheit. Sam drückte ein Auge auf eines der kleinen Löcher, und tatsächlich: Sie blickte in ein Schlafzimmer, in dem gerade eine alte Frau, die große Ähnlichkeit mit einer Hexe hatte, auf und ab ging. Sie schien Selbstgespräche in einer Sprache zu führen, die Sam bekannt vorkam. Luigi, der Pizzabäcker, sprach genauso, wenn er seine Küchenjungen ausschimpfte. Das musste Italienisch sein!

Im nächsten Zimmer spielte ein gemütlicher dicker Mann mit seiner Frau Karten. Nach jeder Karte nippte er an einem silbernen Becher, aus dem Dampf aufstieg. Sam zog der Geruch von Zimt und Alkohol in die Nase.

Wanja konnte sich ein Kichern nicht verkneifen, denn der dicke Mann, der ziemlich viel Ähnlichkeit mit dem

Weihnachtsmann hatte, saß in langen Unterhosen da und seine Socken sahen denen von Wanja recht ähnlich.

Sie hörten ein Klopfen. Zuerst schreckten Wanja und Sam zusammen, doch dann sah Sam, dass jemand an die Tür des Zimmers geklopft hatte. Der dicke Mann wankte auf seinen Socken zur Tür, öffnete sie und stand vor einem der Glatzköpfe.

»Was passiert?«, fragte Wanja. Er versuchte, Sam zur Seite zu schieben, aber Sam hielt dagegen.

»Er bringt die Stiefel«, flüsterte sie, »und die Klamotten aus der Wäscherei. – Komm weiter«, forderte sie Wanja auf.

Im nächsten Zimmer war es dunkel. Im übernächsten hörten sie eine junge Frau singen, die Frau selbst stand jedoch hinter einem Paravent. Hinter diesem Sichtschutz plätscherte etwas, sie schien sich zu waschen. Auf dem Tisch davor lag eine Art Krone mit sieben Kerzen darin.

»… då i vårt mörka hus, stiger med tända ljus, Sankta Lucia, Sankta Lucia«, klangen die Worte durch den Raum, aber sie wurden von dem Krach im Nachbarzimmer übertönt. Etwas schepperte, eine tiefe Stimme stieß ein paar derbe Flüche aus.

Sam beeilte sich, zum nächsten Guckloch zu kommen, aber Wanja war schneller.

Jetzt presste er sein Auge auf das Guckloch. »D-d-d…«, stotterte er. Mehr brachte er nicht hervor.

»Was denn?«, fragte Sam neugierig. Sie schob Wanja nun mit aller Kraft zur Seite. Es verschlug ihr ebenfalls zuerst die Sprache.

»Ist das …«

»… der Nikolaus!«, vollendete Wanja den Satz. »Er ist ziemlich wütend.«

In dem Zimmer unterhielt sich der Nikolaus mit jemand, den Sam nicht sehen konnte.

»Du bist mir wirklich kein guter Gesell«, maulte der Nikolaus.

Sein Gegenüber trat vor und stand mit hängenden Schultern vor dem Nikolaus.

»Knecht Ruprecht«, flüsterte Sam.

»Lass sehen«, forderte Wanja, aber Sam rückte keinen Zentimeter zur Seite.

»Du solltest doch die Augen offen halten«, schimpfte der Nikolaus. »Also noch einmal: Was für ein Mann war das, mit dem das Mädchen gesprochen hat, und wie können Kinder in den Tunnel gelangt sein? Bist du ganz sicher, dass es Kinder waren?«

»Jo, zwoa Kinda. A Madl un' a Bub.« Er rechnete mit den Fingern seiner haarigen rechten Hand noch einmal nach. »Zwoa. Jo!«

»Unglaublich. Die Wächterin ist spurlos verschwunden, das Christkind nicht aufzufinden und zwei Kinder spazieren einfach in der Weihnachtswelt herum. Was sind das denn für Zeiten?!« Der Nikolaus sank auf einen Sessel gleich neben dem Kamin und wärmte sich die Hände am Feuer. »Vielleicht sollten wir einfach zustimmen und den ganzen Kladderadatsch ein für alle Mal beenden. Meine Nase läuft und meine Hühneraugen drücken auch wie verrückt.«

Sein dunkler Gehilfe eilte zu dem Sessel und half dem Nikolaus, die Stiefel auszuziehen. Dabei raunte er seinem Herrn ein paar Worte zu, die Sam nicht verstand. Obwohl der weiße Bart und die buschigen Augenbrauen des Nikolaus das halbe Gesicht verdeckten, war nicht zu übersehen, dass ihn die Worte noch mehr erregten.

»Hier drin ist das Glück oder du schickst es zurück. Rey Zebos macht's möglich«, schnaubte der Nikolaus. »Und du bist dir ganz sicher, dass dieser Mann Rey Zebos war? Der *Zebos macht Kinderträume wahr*-Zebos?«

Knecht Ruprecht nickte.

Jetzt kam auch Sam darauf, an wen der Mann im roten Anzug sie erinnert hatte: die Pakete im Hausflur! Mamas Bestellungen bei dem großen Internet-Versandhaus. Das war Rey Zebos persönlich gewesen. Sam hatte immer geglaubt, dass es sich bei diesem Zebos gar nicht um einen echten Menschen handelte, sondern dass er nur eine Werbefigur war.

»Und du sagst«, fragte der Nikolaus seinen Knecht, »er trug einen roten Anzug und sah fast aus wie …«

»D'r Weihnachtschmonn! Jupp …«, bestätigte Knecht Ruprecht.

»Eine Frechheit! Was will der Kerl hier? Wenn die Wächterin nicht bald wieder auftaucht, müssen wir uns um einen Nachfolger für ihren Posten kümmern«, sagte der Nikolaus.

An der Tür seines Zimmers klopfte es.

»Herein!«, rief er, und beim Anblick des Glatzkopfs, der eine große Schüssel mit einer dampfenden, schaumigen Flüssigkeit hineintrug, entspannte sich seine Miene. »Mein Fußbad«, seufzte der Nikolaus glücklich.

Knecht Ruprecht schob seinem Herrn den Sessel zurecht, sodass er Sam und Wanja nun den Rücken zukehrte und hinter der hohen Lehne des Möbels verschwand.

»Hach, das tut gut«, sagte der Nikolaus, als er die Füße ins heiße Bad setzte. »Bitte hol mir mein Abendbrot«, bat er den Knecht, »aber keinen Kamillentee, hörst du, am liebsten überhaupt keinen Tee!«

Knecht Ruprecht grummelte und verließ das Zimmer.

»Wir müssen weiter.« Wanja zupfte Sam am Ärmel.

Sam nickte, aber als sie sich umdrehten und dem nächsten Raum zuwenden wollten, quietschte ein paar Schritte weiter in dem Geheimgang etwas.

»Diese ganzen Extrawünsche!«, maulte dort jemand. »Ein Fußbad, also wirklich, um diese Zeit! Fragt mich mal jemand, ob ich gerne ein Fußbad hätte?«

»Meckere nicht herum«, antwortete eine zweite Stimme.

Sam linste um die Ecke. Es waren zwei von den Glatzköpfen, einer trug einen Stapel flauschiger Handtücher, der andere eine Lampe, die ihnen den Weg leuchtete. Noch ein paar Schritte und sie würden um die Ecke treten.

Wanja schaute sich um. Direkt neben ihm war noch eine Pforte zu einem Zimmer, aber es leuchtete kein Lichtstrahl durch das Guckloch. Er gab Sam ein Zeichen.

Sollten sie einfach in dieses Zimmer schlüpfen? Vielleicht stand es leer oder der Bewohner schlief bereits?

Sam nickte. Wanja drehte den Türknauf herum. Die Pforte ließ sich aber nur ein paar Zentimeter öffnen, dann stieß sie gegen etwas und ein Scheppern ertönte. Vielleicht versperrte ein Schrank oder eine Kommode den Zugang auf der anderen Seite?

»Hast du das gehört?«, fragte die eine Stimme. Sie klang nun schon sehr nah.

»Schnell«, flüsterte Sam. »Die nächste Tür!«

Wanja versuchte es, er hatte den Knauf schon in der Hand.

Nicht, wollte Sam noch sagen, *nicht diese*, aber da stand die Tür auch schon offen. Sam schaute sich um. Der Lichtschein der Lampe näherte sich, noch zwei oder höchstens drei Schritte und sie würden um die Ecke biegen.

Sam zögerte nicht lange, sondern schob Wanja nun doch in den Raum. Schnell schlüpfte sie ebenfalls hinein und zog die Tür mit größter Vorsicht hinter sich zu. Glücklicherweise quietschten die Scharniere dieser Pforte nicht. Nur ein sehr leises Klicken ertönte.

Wanja stand regungslos da und legte den Zeigefinger auf die Lippen. Auch Sam rührte sich nicht. Sie starrten die Rückseite des Lehnsessels an, in dem der Nikolaus saß. Er summte ein Weihnachtslied, und mit dem einen großen Zeh schnipste er Schaumwölkchen in die Luft, die er mit dem anderen wieder auffing.

Sams Augen suchten das Zimmer nach einem Versteck ab, das sie unbemerkt erreichen konnten. Vielleicht das riesige Bett, unter dem eine halbe Schulklasse Platz gefunden hätte? Dummerweise stand es an der gegenüberliegenden Seite. Sie hätten also direkt am Nikolaus vorbeimarschieren müssen.

Das Fenster links von ihnen befand sich aber außerhalb seiner Sichtweite. Sam gab Wanja ein Zeichen. *Du links, ich rechts!*, bedeutete es, denn auf beiden Seiten hingen lange Vorhänge aus schwerem grünem Samt bis auf den Boden.

Auf Zehenspitzen setzte Sam einen Fuß vor den anderen.

»Lasst uns fro-hoh u-hund munter sein«, trällerte der Nikolaus nun.

Auf der Stelle bewegten sich Sam und Wanja keinen Zentimeter weiter. Sam hielt den Atem an, aber der Nikolaus sang weiter.

»… und uns re-hecht vo-hon Herzen freun! Lustig, lustig, tralalalala, bald ist Niklausabend da, bald ist Niklausabend da …«

Sam schlich weiter. Noch vier, noch drei, noch zwei Schritte und sie hatte das Versteck erreicht. Fast gleichzeitig mit Wanja schob sie sich geschmeidig. Beinahe ohne den Stoff zu bewegen hinter den Vorhang. Jetzt hörte sie nur noch das Plätschern des Wassers, in dem der Nikolaus die Füße bewegte.

»So ein Ärger aber auch!«, sagte der Nikolaus. »Da hat der dumme Kerl das Handtuch einfach auf das Bett gelegt! Soll ich nun barfuß über den kalten Boden laufen und das halbe Zimmer unter Wasser setzen?«

Er sprach auffällig laut, in einem gestelzten und unnatürlichen Tonfall, ganz so wie Sams Mutter, wenn sie früher Verstecken gespielt hatten. Dann hatte Mama auch so vor sich hin geredet: »Ja, wo mag die kleine Sam denn sein, ob sie sich wohl hinter dem Sofa versteckt hat? Oder hinter der Gardine?«

Der Tonfall des Nikolaus verschärfte sich plötzlich, als er sagte: »Aber sicher helfen mir die beiden jungen Herrschaften hinter dem Vorhang und holen das Handtuch!«

Das letzte Wort war kaum verklungen, und schon riss jemand blitzschnell den Vorhang auf beiden Seiten weg.

Der heilige Nikolaus stand vor ihnen. Mit hochgekrempelten Hosenbeinen und nackten Füßen. In einer kleinen Pfütze aus schaumigem Wasser.

Fünfzehntes Kapitel,

in dem Sam dem Nikolaus
das Leben rettet

✳ ✳ ✳

Wanja brachte seit ihrer Entdeckung fast keinen Ton mehr heraus. Nur hier und da kam ein kaum hörbares *Danke schön* oder *Bitte* über seine Lippen, nachdem Knecht Ruprecht zurückgekommen war und ein mit allerlei deftigen Leckereien beladenes Tablett auf das Tischchen am Kamin gestellt hatte.

»Bleib mir vom Leib mit dem Tee!«, befahl der Nikolaus mit strenger Stimme und reichte die Kanne gleich an seinen Knecht weiter.

Der goss sich selbst einen großen Becher davon ein. Dabei fletschte er die Zähne, was wohl ein Zeichen von großer Freude war.

»Bedient euch nur«, forderte der Nikolaus Sam und Wanja mehrmals auf.

Erst jetzt spürte Sam, dass sie seit dem Mittag nicht mehr viel gegessen hatte. Auf dem Kaminsims stand eine von blauem und weißem Porzellan eingefasste Uhr, die leise tickte. Es war kurz vor Mitternacht. Über dem Kamin hing ein Gemälde. Ein Elch mit einem mächtigen Geweih röhrte darauf. In der Glasscheibe des Bildes spiegelte sich der halbe Raum: Der Nikolaus hatte sie von dem Augenblick beobachten können, in dem sie durch die geheime Pforte ins Zimmer geschlüpft waren.

»Ich habe weder hinten Augen noch Zauberkräfte«, sagte er. »Na ja, solche jedenfalls nicht. Aber nun nehmt euch doch endlich einen Schenkel vom Brathähnchen oder wenigstens eine von den Würsten, die bekommen mir sowieso nicht«, drängte er wieder.

Sam griff zu und auch Wanja erwachte langsam aus seiner Erstarrung.

»S-s-sind S-s-ie …« Weiter kam er dann doch nicht.

»Ja, mein Junge, wenn ihr schon verbotenerweise hier hereingeschlichen seid, kann ich es ja zugeben: Ich bin der, für den du mich hältst. Dieser dunkle Gesell ist –«

»Knäscht Rupräscht«, vollendete Sam den Satz, obwohl sie gerade ein Stück Fleischwurst mampfte.

»Richtig. Und mit wem habe ich das Vergnügen?«

»Ich bin Sam«, antwortete Sam schnell, »und das ist Wanja, und Wanja wird morgen elf, besser gesagt in zwanzig Minuten wird er elf, und dann –«

Wanja stupste sie fest in die Seite.

»Lass doch«, sagte Sam. »Er hilft uns bestimmt, deine Oma zu finden.«

»Was ist denn mit deiner Oma?«, fragte der Nikolaus.

»Sie ist verschwunden«, antwortete Wanja.

»Verschwinden ist wohl gerade sehr in Mode«, seufzte der Nikolaus. »Wir sind auch auf der Suche nach einer alten Dame und nach –«

Er vollendete den Satz nicht, sondern gab dem Knecht ein Zeichen. Dieser brachte seinem Herrn ein dickes Buch, das in helles Leder gebunden war. Es sah schon ein wenig abgestoßen aus, hier und da platzten die goldenen Buchstaben auf dem Einband ab. Während er weitersprach, blätterte er darin herum.

»Na ja, ist auch egal. Ihr wisst doch, dass eine hohe Strafe darauf steht, wenn Kinder hinter die weihnachtlichen Geheimnisse kommen oder gar in unsere Welt hier einbrechen?«

Sam schüttelte entschieden den Kopf. Bis vor ein paar Stunden hatte sie doch nicht einmal einen blassen Schimmer davon gehabt, dass es diesen Ort gab. So richtig glauben konnte sie es eigentlich immer noch nicht.

»Ah, da haben wir dich. Sam …«, sagte der Nikolaus. Er kramte in den Jackentaschen herum und fand nach einigem Suchen seine Brille, die er sich vorne auf die Nasenspitze setzte. »Oder mit vollem Namen Samantha, aber so wirst du nicht gerne genannt«, murmelte er. »Oh, oh! Das ist aber keine ganz kleine Liste der Verfehlungen …« Sein Finger folgte den Zeilen. »Die Hausaufgaben abgeschrieben, hinter dem Rücken von Herrn Butenkamp gealbert. Na ja, das geht alles noch. Aber hier! Du hast deine Mutter angelogen.«

»Das war nur eine Notlüge«, verteidigte Sam sich.

Wanja stupste sie wieder in die Seite. »Man gibt dem Nikolaus keine Widerworte«, raunte er.

»Aber wenn es doch so ist! Außerdem war es Selinas Schuld.«

»Wie auch immer«, sagte der Nikolaus. »Das Schlimmste kommt noch. Im letzten Jahr heimlich nach den Weihnachtsgeschenken gesucht, das steht hier mit drei Ausrufezeichen.« Er schaute sie über den Rand seiner Lesebrille an. »Und wie war das dieses Jahr?«

Sams Ohren glühten verdächtig, aber sie schüttelte heftig den Kopf.

Wanja schlug die Hände vors Gesicht.

Sam glaubte etwas zu hören wie: *Oh nein, sie belügt den Nikolaus!*

Bevor es brenzlig für sie werden konnte, lenkte Sam die Aufmerksamkeit auf ein anderes Thema.

»Wanjas Oma ist nämlich Frau Wolke«, sagte sie. »Agnes Wolke, sie wohnt in dem alten Haus am Ende der Straße und ist die –«

»Die Wächterin«, sagte der Nikolaus. »Mir muss doch niemand erklären, wer Agnes Wolke ist. Er wandte sich Wanja zu. Aufmerksam musterte der Nikolaus ihn. »Und du bist eines Tages ihr Nachfolger. Habt ihr nicht gesagt, du wirst morgen elf Jahre alt? Dann beginnt morgen deine Lehrzeit.« Er schlug sich auf die Schenkel, ganz aufgeregt sprach er weiter. »Am Nikolaus-Tag! Wenn das mal kein Zeichen ist. Ab morgen wirst du zuerst der Lehrling der Wächterin. Ruprecht, hast du das gehört, wir haben hier den zukünftigen Wächter vor uns. Welch eine Freude und Ehre!«

Der Nikolaus schüttelte dem verdatterten Wanja die Hand.

»Es ist gar nicht so einfach, einen guten Wächter zu finden, das kann ich euch sagen. Wenn er oder sie mit dem alten Wächter verwandt ist, ist es meistens etwas unkomplizierter, aber es sind auch solche schon durch die Prüfung gefallen.«

»Er muss eine Prüfung machen?«, fragte Sam.

Der arme Wanja! Er war schlau und er konnte eine Menge Sachen, aber immer wenn eine Klassenarbeit oder irgendeine Art von Prüfung anstand, spielten seine Nerven komplett verrückt. Deshalb hatte er auch schon eine Ehrenrunde in der Schule gedreht.

»Natürlich muss er das. Weihnachtskunde ist ein weites Feld. Zuerst einmal muss er all diejenigen, die Zugang zu diesem Haus haben, erkennen. Jeden Wichtel und alle Arten von Perchten, die ganzen Santas und Weihnachtsmänner. Die Bräuche aller Länder muss er auch kennen und … und … und … Aber du hast ja ein paar Jahre Zeit. Jetzt allerdings sollten wir uns mit dringenderen Dingen beschäftigen. Wo steckt deine Großmutter? Agnes Wolke ist die zuverlässigste Wächterin, die wir jemals hatten. Sie setzt sich ohne Rücksicht auf Verluste durch, wenn eine Gefahr für die Weihnachtswelt droht. Seit der großen Krise vor dreihundert Jahren hatten wir keine so gute Wächterin wie sie. Also, was wisst ihr über die ganze Sache?«

Sie erzählten dem Nikolaus die ganze Geschichte von Anfang an, als Wanja bei Sam aufgetaucht war, bis zu dem Augenblick, in dem sie das Gespräch zwischen dem Mädchen und dem Mann im roten Anzug belauscht hatten. Dass Wanja Sam bei der Suche nach den Weihnachtsgeschenken erwischt hatte, ließ Sam weg, aber sie hatte das ungute Gefühl, dass auch dieses ganz unwichtige Detail dem Nikolaus am Ende nicht verborgen blieb.

»Rey Zebos war also wirklich hier?«, fragte der Nikolaus. »Der große Zebos, der jeden Wunsch erfüllt – wenn man genug Geld hat.« Auf sein gutmütiges, runzeliges Gesicht hatte sich ein besorgter Schleier gelegt. »Das ist kein gutes Zeichen. Jeder weiß, dass er sich für den besseren Weihnachtsmann hält. Ein eitler Bursche, der schon als Kind nichts als Unsinn im Kopf hatte.«

»Das Schlimmste kommt aber noch«, sagte Sam. »Dieses Mädchen hält Wanjas Oma in einer Wäschetruhe gefangen und hat das Christkind in einen Sack gesteckt und in den Kohlenkeller werfen lassen.«

Der Nikolaus verschluckte sich an dem Stück Appenzeller Bergkäse, das er sich zum Abschluss der abendlichen Mahlzeit zusammen mit einem knusprigen Stück Weißbrot in den Mund geschoben hatte. Zuerst röchelte er, dann lief sein Gesicht rot an. Er versuchte, etwas von sich zu geben, aber das Brot war in der falschen Röhre gelandet. Seine Gesichtshaut färbte sich tiefrot, er wedelte mit beiden Händen.

Wenn jetzt auch noch der Nikolaus erstickte, war das Unglück perfekt. Sein Knecht, der in einem Stuhl gehockt hatte und eingedöst war, rappelte sich auf. Er schwankte und kippte zurück in den Sessel.

Sam zögerte nicht.

Sie beugte den alten Mann nach vorne und schlug zweimal kräftig auf seinen Rücken. Beim zweiten Hieb sauste das trockene Brot im hohen Bogen über den Tisch, genau in Knecht Ruprechts Hände.

»Donk' schöh«, sagte er.

»Heiliger Strohsack!«, rief der Nikolaus aus. »Das war aber knapp! – Da hast du aber was gut beim Nikolaus«, wandte er sich Sam zu. »Vielleicht übersehe ich in diesem Jahr, dass du *wieder* nach den Weihnachtsgeschenken gesucht hast? Du musst dir das endlich mal abgewöhnen. Das ist höchst unweihnachtlich.«

Jetzt lief Sam ganz rot an.

Der Nikolaus lachte und auch Wanja konnte sich ein Grinsen nicht verkneifen.

»Meine Stiefel!«, befahl der Nikolaus dann seinem Knecht. »Es ist höchste Zeit, dass wir zur Tat schreiten.« Er schaute auf die Kaminuhr. »Das passt doch hervorragend, die nächste Sitzung des großen Rates ist in einer Viertelstunde.«

Als er endlich unter Ächzen und Stöhnen seine Füße in die Stiefel gezwängt hatte, standen Sam und Wanja schon ungeduldig an der Tür und warteten.

»Was denn?«, fragte der Nikolaus.

Sam und Wanja schauten sich verwundert an. »Wir sind so weit!«, sagte Sam.

Der Nikolaus schüttelte den Kopf. »Ihr könnt da nicht mitkommen. Nein, das geht auf keinen Fall! Auch wenn hier im Moment einiges durcheinandergeht, sind Kinder an diesem Ort nicht erlaubt, ach, was sage ich: Streng verboten sind sie. Ihr wartet hier, darauf will ich euer Ehrenwort!«

»Ehrenwort«, murmelte Sam missmutig.

»Ehrenwort«, sagte auch Wanja.

»Wenn hier irgendjemand außer Ruprecht oder mir auftaucht, verschwindet ihr hinter dem Vorhang. Verstanden?«

»Verstanden«, murmelte Sam noch ein bisschen missmutiger.

»Verstanden«, sagte auch Wanja.

»Und von denen hier will ich keinen Einzigen mehr sehen, wenn ich zurückkomme!« Er zwinkerte Sam und Wanja zu und hob die silberne Glocke von einem Teller. Nach Zimt und Marzipan duftende Bratäpfel kamen zum Vorschein.

Sam lief das Wasser im Mund zusammen.

Bratäpfel

4 mittelgroße rote Äpfel

40 g gehackte Mandeln

60 g Marzipan (Rohmasse)

20 g Butter

1 Päckchen Vanillezucker

4 Stück Würfelzucker

Zimt

Die Äpfel waschen, einen Deckel abschneiden und mit dem Apfelausstecher das Kerngehäuse ausstechen. Mandeln, Marzipan, Butter und Vanillezucker verkneten und zu 4 Rollen formen. Die Äpfel in eine kleine ofenfeste Form setzen und jeweils ein Stück Würfelzucker unten in die Äpfel legen. Je eine Marzipanrolle in die Äpfel setzen, den Deckel wieder aufsetzen, mit ein bisschen Zimt bestreuen und die Äpfel bei 200 Grad (Umluft 180 Grad, Gas Stufe 4) etwa 25 Minuten im Backofen braten.

Sechzehntes Kapitel,

in dem sich das Mädchen zu früh freut

✳ ✳ ✳

Das Mädchen rümpfte die Nase. Diese Perchten stanken wirklich erbärmlich, aber es waren nun einmal sehr hilfreiche Gesellen, auf die es genauso wenig verzichten wollte wie auf seine heiße Schokolade. Es hatte einmal die Kerle dazu gezwungen, sich jeden Samstag in einen Badezuber zu setzen und sich zu schrubben; sogar sein kostbares Badesalz hatte das Mädchen dafür geopfert.

Anschließend war das totale Durcheinander ausgebrochen, weil die Perchten sich im wahrsten Sinne nicht mehr riechen konnten. Als alle nach Jasmin und Veilchen geduftet hatten, konnten sie nicht mehr erkennen, wer an welcher Stelle in der Rangordnung stand, und es hatte blutige Streitereien gegeben.

Der Einhörnige hätte ein Liedchen davon singen können, aber außer Grunzen brachten die Perchten nicht viele Töne hervor. Sein zweites Horn war bei dieser Keilerei nämlich abgebrochen. Er trug es nun an seinem Gürtel und streichelte manchmal mit einem wehleidigen Grunzen darüber.

Das Mädchen hatte lange darüber nachgedacht, was es mit der Wächterin anfangen sollte. Die Gefahr, dass diese

Frau Wolke Ärger machte, wenn das Mädchen sie einfach zurück in die alte Villa schickte, war viel zu groß. Zwar hatte sie die alte Frau betäuben lassen, sodass sie nicht viel davon mitbekommen hatte, was mit ihr passiert war, aber das Mädchen wollte kein Risiko eingehen.

Es hatte einen Plan, der ihm ziemlich gut gefiel. Nur um die schöne alte Holzkiste tat es ihm ein wenig leid.

»Hört mir gut zu«, sagte das Mädchen. Es war in Eile, denn gleich sollte der Rat der Weihnachtsmächte wieder zusammentreffen, um endlich die ersehnte Entscheidung zu treffen. »Ich will es euch nicht zweimal erklären.«

Der Einhörnige stapfte von einem Fuß auf den anderen, nickte und grunzte.

»Ihr nehmt diese Kiste und –«

Das Mädchen hatte die Worte noch nicht ganz ausgesprochen, da hüpfte die Percht mit dem Zopf auch schon vor, schnappte sich die Truhe, als sei es ein leerer Pappkarton, und schwang sie sich ohne jede Mühe auf den Rücken.

Das Mädchen schrie auf, aber es war schon passiert.

Der Deckel sprang auf und stieß der voreiligen Percht gegen den Schädel. Die zog den Kopf ein wenig ein, wodurch die Truhe zur Seite kippte und ihren Inhalt auf den Teppich schleuderte.

»Du … du …« Dem Mädchen fiel kein passendes Schimpfwort ein.

Da lag die Wächterin und stöhnte. Zwar hatten die dicken Teppiche den Aufprall der alten Frau ein wenig gedämpft, aber sie war durch den harten Stoß aufgewacht.

Blitzschnell riss das Mädchen eine der vielen Decken von ihrem Bett und warf sie über die Frau.

»Schnell, pack sie wieder ein und dann fort mit ihr.« Das Mädchen wandte sich an den Einhörnigen. »Du bist mir verantwortlich dafür, dass der Kerl da keinen Unsinn macht, ist das klar? Wenn die Sache schiefgeht, säge ich dir eigenhändig das andere Horn ab.«

Die Percht zog eingeschüchtert den Kopf zwischen die Schultern. Sie grunzte und nickte.

»Ihr bringt die Truhe raus und tragt sie zum Maria-und-Josef-Krankenhaus, zum Eingang auf der linken Seite, hast du das verstanden, auf der *linken* Seite, ja?«

Die Percht betrachtete zuerst ihre rechte Hand, dann ihre linke und nickte und grunzte wieder.

Der linke Eingang des Krankenhauses führte zu einer ganz speziellen Abteilung. Dorthin wurden die Leute gebracht, die durcheinander im Kopf und in der Seele waren. Eine alte Frau, die behauptete, sie sei die Wächterin der Weihnachtswelt und gehörnte Wesen hätten sie entführt, würden die Ärzte ganz bestimmt nicht so schnell wieder laufen lassen.

Als die Perchten endlich verschwunden waren, atmete das Mädchen ein paar Mal tief ein und aus und begab sich rasch hinunter in die große Halle. Ein paar Wichtel wuselten schon herum.

Das Mädchen setzte sich mit einem zufriedenen Lächeln auf den Lippen an seinen Platz am Ende des großen Konferenztisches. Es spielte mit dem Hämmerchen, das es zwischen den Fingern hin und her wandern ließ, auf der

Fingerspitze balancierte und dreimal um die eigene Achse wirbelte. Dann verlor es die Kontrolle darüber, aber bevor das hölzerne Werkzeug auf den Boden fallen konnte, wuselte ein Wichtel herbei und fing es auf.

»Wie aufmerksam«, flötete das Mädchen, strich dem Wichtel, der ihm auch im Sitzen kaum bis zur Schulter reichte, über den Kopf und begann das Spiel von Neuem.

Die Halle füllte sich. Joulupukki und seine Frau saßen schon gespannt am Tisch, ebenso Väterchen Frost mit seiner Enkelin.

»Das sind nicht meine Stiefel«, beschwerte sich der finnische Weihnachtsmann, »sie sind viel zu eng! Jemand muss sie vertauscht haben …«

Santa Lucia trat gerade als eine der Letzten ein und fragte nach Streichhölzern. Die Kerzen in ihrem Kranz hatte sie zwar erneuert, aber noch nicht angezündet.

Das Mädchen wusste, warum. Es hatte höchstpersönlich einem der Glatzköpfe den Befehl gegeben, alles, womit die verträumte Lucia ihnen das Haus über dem Kopf abfackeln konnte, aus ihrem Zimmer zu entfernen.

»Bin ich zu spät?«, keuchte die Hexe Befana. »Ich muss eingenickt sein, es tut mir schrecklich leid. Gab es schon wichtige Entscheidungen?«

Das Mädchen beschwichtigte sie mit einer beruhigenden Geste. »Nur der ehrenwerte Kollege Nikolaus erlaubt es sich, zu spät zu kommen.«

Da sich mittlerweile alle gestärkt und ausgeruht hatten, herrschte eine fast entspannte Stimmung. Eigentlich hätte nur noch eine Bescherung gefehlt, ein Geschenk hier, eine Überraschung dort, um die ganze Versammlung endgültig einzulullen.

Ich muss sie gar nicht einlullen, dachte das Mädchen, *denn nun läuft alles wie am Schnürchen. Morgen, Kinder, wird's was geben*, ging es ihm durch den Kopf. Es hasste Weihnachtlieder, aber kurz vor dem Augenblick seines Triumphs konnte es sich kaum halten und stimmte lauthals an:

»Morgen, Kinder, wird's was geben!

Morgen werden wir uns freun!

Welche Wonne, welches Leben

wird in unserm Hause sein;

einmal werden wir noch wach ...«

»Bis *morgen* müssen wir wohl nicht warten!«, schaffte sich eine Stimme Gehör, die dem Mädchen nur allzu bekannt war.

Es war klar, dass der alte Kerl diese Sitzung nicht verpassen würde. Das Mädchen hatte dem Kamillentee, der für sein Zimmer vorbereitet worden war, eine kleine Prise dieses höchst wirksamen Pülverchens beigemischt; das Pülverchen, das in einen tiefen Schlaf mit schönsten Träumen versetzte, aber leider hatte es ausgerechnet an diesem Abend den Nikolaus nicht nach Kamillentee gelüstet.

»Liebster Gevatter«, flötete das Mädchen. Es war sich seines Triumphes so sicher, dass es den Unterton in der Stimme des Nikolaus zu spät bemerkte. Trotzdem sprach das Mädchen weiter: »Endlich bist du da, nun können wir alle Fragen klären, alle Beteiligten können ihre Meinung kundtun und –«

»Erstens, nenne mich nicht *Gevatter*«, unterbrach der Nikolaus das Mädchen. »Zweitens, ich sehe hier immer noch nicht das Christkind.«

»Ich habe noch einmal Boten ausgesandt, die schnellsten Schlitten zur Verfügung gestellt, aber die Herzallerliebste ist nicht aufzufinden.« Das Mädchen warf einen enttäuschten Blick in die Runde. »Ihr wisst doch alle, wie sehr das Christkind darauf bedacht ist, von niemandem gesehen zu werden. Ach ja, wie viele Generationen von braven Jungen und Mädchen haben schon am Heiligen Abend danach Ausschau gehalten, aber unsere liebste Schwester ist doch sehr eigen.«

Bei dem Wort *Schwester* ging ein Rumoren durch die Anwesenden. Alle wussten, wie sehr sich das Mädchen wünschte, die Schwester des Christkinds zu sein, sodass ein bisschen von dessen Glanz auf das Mädchen abfiele.

»Wir *können* nicht länger warten und wir *müssen* es auch nicht.«

Es war nun Schluss mit dem Firlefanz. Das Mädchen gab sich gar keine Mühe, den klirrend kalten Ton in seiner Stimme zu unterdrücken.

»Ich habe alle Paragrafen ein weiteres Mal geprüft. Wer nach zweimaliger Aufforderung nicht erscheint, verwirkt sein Stimmrecht. Wenn der Anteil derjenigen Menschen, die das wahre und einzige Weihnachtsfest ehren und fest an die Mächte der Weihnacht glauben, unter die Hälfte sinkt, hat das die Abschaffung des Festes zur Folge. So bedauerlich das auch ist, aber die Regeln müssen eingehalten werden, das wisst ihr doch so gut wie ich. Dann schreiten wir endlich zur Tat.« Wieder ergriff das Mädchen die Urkunde, mit der alles besiegelt werden sollte.

Sie hatte natürlich niemand verraten, von wem sie all die Zahlen und Auswertungen hatte, die angeblich bewiesen, dass nicht mehr genug Kinder an Weihnachten glaubten. Rey Zebos' Firma beschäftigte in der Zentrale seines Internet-Versandhauses Hunderte von Angestellten, die den ganzen Tag nichts anderen zu tun hatten, als die Wünsche der Kunden auszuspionieren. Alles wurde auf gigantischen Computern gespeichert. Keiner wusste so viel über die Menschen wie Rey Zebos. Ja, es ging sogar so weit, dass der Computer schon ausrechnete, was die Menschen sich als Nächstes wünschen würden, bevor sie es selbst wussten.

Zugegeben, ein paar von den Zahlen hatte der Computer ein klitzekleines bisschen verbessert. Hier eine Null weggelassen, dort eine hinzugefügt, bis das Ergebnis genau so ausgefallen war, wie das Mädchen und Zebos es sich gewünscht hatten.

»Gut, dann schreiten wir zur Tat«, sagte der Nikolaus.

Das Mädchen verkniff sich ein Lächeln. Hatte der Kerl es endlich eingesehen!

»Gehen wir alle gemeinsam in den Kohlenkeller!«

Was hatte der Alte gesagt? Drehte er nun durch? Da das Mädchen ohnehin sehr blass war, konnte niemand sehen, dass sich nun das letzte Blut aus seinem Gesicht verflüchtigte.

»In den Kohlenkeller?«, fragte das Mädchen. »Was soll denn nun dieser Quatsch? Langsam … äh … liebster … äh … Gevatter stellst du unsere Geduld arg auf die Probe.«

»Nenn mich nicht *Gevatter*.«

Der Nikolaus stand auf, stützte beide Fäuste auf die Tischplatte und sprach mit lauter und entschlossener Stimme weiter.

»Wir werden vielleicht die eine oder andere Überraschung erleben, aber ich bestehe darauf, dass wir uns auf der Stelle den Kohlenkeller näher anschauen und nebenbei auch noch einen Blick in die Wäschetruhe in deinem Zimmer werfen.«

Siebzehntes Kapitel,

in dem zwei Kinder nicht tun,
was der Nikolaus ihnen befohlen hat

❋ ❋ ❋

Sobald der Nikolaus den Raum verlassen hatte, war Sam zu der geheimen Tür gelaufen und hatte das Guckloch mit einem gut durchgekauten Klumpen aus Käse und Weißbrot verklebt. Auf jeden Fall konnte sie so keiner der Glatzköpfe aus den Geheimgängen beobachten.

Knecht Ruprecht goss sich eine weitere Tasse Kamillentee ein und streckte sich auf dem kleinen Sofa in der Ecke des Zimmers aus. Es vergingen keine zwei Minuten und er schnarchte tief und zufrieden.

Die Uhr auf dem Kamin tickte. Außer dem Knistern des Kaminfeuers war dies das einzige Geräusch im Zimmer. Die Minuten zogen sich unverschämt in die Länge. Immer wieder wanderte Sams Blick zu dem Zifferblatt. Die Zeit schien sich an diesem sonderbaren Ort zu dehnen.

Was wohl draußen gerade passierte? Wenn sich das Wetter gebessert hatte oder wenigstens der Strom wieder funktionierte, versuchte ihre Mutter bestimmt schon zum hundertsten Mal, zu Hause anzurufen. Oder noch schlimmer: Sie war vielleicht nach Hause gefahren und hatte ein leeres Haus vorgefunden. Auch wenn sie einen Zettel an das Schlüsselbord geklebt hatte, würde sich Mama bestimmt große Sorgen machen, wenn sie ihre Tochter nicht bei Frau Wolke fand.

Sam verscheuchte diese Gedanken. Wenn das alles weder ein Traum noch verrückte Zauberei war, würde sie vielleicht gleich eines der geheimnisvollsten Wesen auf der ganzen Welt kennenlernen. Das Christkind! Sogar das Ungeheuer von Loch Ness hatten schon mehr Leute gesehen als diese Gefangene, die im Kohlenkeller hockte und sich bestimmt zu Tode fürchtete.

Das war ein Donnerwetter wert.

Wanja schien sich gar nicht zu langweilen. Er erweckte eher den Eindruck, als lasse ihn das alles kalt. Es entging Sam nicht, dass er immer wieder neugierige Blicke auf das dicke Buch des Nikolaus warf, das auf dem Tisch lag, aber er traute sich nicht, es einfach aufzuschlagen.

Erst jetzt fiel Sam auf, dass beide Zeiger der Uhr längst die Zwölf überschritten hatten.

»Zum Geburtstag viel Glück«, begann Sam leise zu singen, »zum Geburtstag viiiiel Glück …«

Wanja lächelte verlegen.

»Jetzt bist du der Lehrling für das Amt des Wächters. Herzlichen Glückwunsch!«

Wanja wehrte ihre Gratulation ab. Nur elf zu werden, reiche nicht, er musste ja erst einmal die Prüfung bestehen. »Wann kommt er bloß wieder?«, fragte Wanja.

Sam zuckte die Achseln. »Vielleicht sollten wir mal nachschauen?«

»Er hat uns befohlen, dass wir uns nicht von der Stelle rühren sollen.«

Sam zuckte wieder die Achseln. »Vielleicht ist etwas schiefgegangen.«

Wanja nickte. »Vielleicht braucht er Hilfe.«

Sam ging hinüber zu dem Sofa, auf dem Knecht Ruprecht lag und schlief. Ein Arm war auf den Boden gesunken. Sam nahm ihn und platzierte ihn auf dem Bauch des Knechts, der daraufhin zweimal zufrieden schnaufte und dann weiterschnarchte.

»Herr Ruprecht?« Sam pikste ihn mit dem Zeigefinger an. »Ha-hallo?«

Die schlafende Gestalt rührte sich nicht. Wanja trat neben Sam, legte beide Hände an die Schultern des Knechts und rüttelte ihn fest. Knecht Ruprecht schnellte hoch, setzte die Beine auf den Teppich und gab einen unwilligen Ausruf von sich. Er hob wie in Trance zu einem Satz an: »Woss wullt …?«

Mehr kam nicht heraus. Knecht Ruprecht verdrehte die Augen und sank zur Seite. Augenblicklich setzte das Schnarchen wieder ein.

»Der ist uns auf jeden Fall keine Hilfe«, murmelte Wanja vor sich hin.

Sie schauten sich in die Augen.

Sam blinzelte zu der Pforte in der Wand hinüber.

Wanja nickte.

Noch vor Sam erreichte Wanja die Tür zu den Geheimgängen, kontrollierte, ob die Luft rein war, und ließ Sam den Vortritt.

Ein paar Minuten später hatten sie den Keller erreicht. Er war nur spärlich mit ein paar Glühbirnen beleuchtet.

Der erste Gang verzweigte sich nach links und nach rechts, ein dritter führte geradeaus.

Sam entschied sich für die linke Abzweigung. Wanja ging nach rechts.

An den Seiten reihten sich Holzverschläge, in denen alter Krempel aufbewahrt wurde. Nach ein paar Metern knickte der Gang, den Sam gewählt hatte, nach rechts und verengte sich. Wieder wendete sich der Weg nach rechts, und plötzlich knallte Sam mit einer Person zusammen.

»Hoppla«, sagte Wanja.

Sam konnte sich einen Schreckensschrei gerade noch verkneifen. Beide Gänge hatten sie im Kreis geführt.

»Kein Kohlenkeller«, sagte Wanja.

»Dann muss es der mittlere Weg sein«, erwiderte Sam. »Also da lang.«

Unwillkürlich griff sie nach Wanjas Hand. Langsam schritten sie voran, Sam stolperte über etwas auf dem Boden, dann stieß sie mit dem Fuß dagegen. Waren das Steine? Sie bückte sich und hob einen der Brocken auf.

»Kohle! Wir sind richtig.«

Nach ein paar Metern weitete sich der Gang zu einem Gewölbe. Die Größe konnte Sam nicht abschätzen, dazu reichte das Licht nicht. Eine Tür aus Holzlatten mit armbreiten Spalten dazwischen sperrte den Raum ab. Dahinter türmte sich ein Kohleberg. An der Tür schimmerte ein nagelneues Vorhängeschloss.

Die Tür stand jedoch offen. Jemand hatte das Schloss mitsamt der Halterung mit roher Gewalt aus dem Holz gestemmt.

Als Sam die Tür aufschob und in das Kohlelager trat, quietschten die Scharniere leise. Wanja bückte sich und hob einen Jutesack auf. Er war braun und darauf stand: Jupp Schmitz – Kohle Brikett Feuerholz.

»Leer«, flüsterte Sam.

Sie suchten das Gewölbe ab. In der Ecke lagen noch zwei oder drei weitere der Säcke, ansonsten gab es Unmengen von Kohlen, die ins Rutschen gerieten, als Sam den Haufen erklimmen wollte, um auch oben zu suchen. Etwas Weiches fiel ihr in die Hände.

»Guck dir das an.« Sam hielt prüfend ein Stück Fell in die Höhe.

»Was ist das?«, fragte Wanja. Er nahm es und hielt es ins fahle Licht der Glühbirne.

»Du musst es umstülpen«, sagte Sam. »Es ist eine … Kappe.«

Wanja tat, was sie sagte, und hielt nun eine karierte Kappe in den Händen. Innen war sie mit Fell gefüttert, und sie verfügte an den Seiten über zwei lange Ohrenklappen, die man unter dem Kinn zusammenbinden konnte.

»Das Ding kennen wir doch«, sagte Wanja.

»Wir müssen weitersuchen«, sagte Sam.

Sofort fing Sam an, die Kohlen mit bloßen Händen durchzuwühlen. Wanja entdeckte eine Schaufel, die an der Wand lehnte. Als er sie benutzen wollte, um die schwarzen Brocken zur Seite zu schippen, sah er, dass die Schippe unten verschmiert war. Etwas Rotes klebte daran.

»Oje«, stöhnte er. »Das ist ja … Blut?!«

»Und ich weiß auch, von wem«, sagte Sam.

Ganz hinten in der Ecke hatte sie ein fest verschnürtes Paket entdeckt.

»Eine Percht«, flüsterte sie. Langsam wurde ihr das alles doch ein bisschen unheimlich.

Jemand hatte ein Seil um das gehörnte Ungeheuer gewunden, aber das war nur möglich gewesen, weil er es vorher niedergeschlagen hatte. Mit der Schaufel.

Sam näherte sich der zusammengekauerten Gestalt.

»Geh mal aus dem Licht«, befahl sie Wanja, der auch prompt zur Seite rückte.

Der stechende Geruch der ungewaschenen Percht stieg Sam in die Nase. Wenn das Wesen aufwachte, konnte es Sam in die Nase beißen. Viel mehr konnte es allerdings nicht, weil jemand es verschnürt hatte, der wohl ziemlich viel Übung darin hatte, Pakete zu verpacken.

Allerdings musste Sam sich keine besonderen Sorgen machen. Gleich neben dem rechten Horn der Percht wuchs schon ein drittes, aus einer Platzwunde sickerte noch ein bisschen Blut. Da hatte jemand gleich zweimal ordentlich zugeschlagen.

»Bewusstlos, aber es atmet noch«, stellte Sam fest. Dann horchte sie auf. Da war etwas. Sie hatte etwas gehört und prompt schwoll ein Getrappel und Gemurmel an.

»Das ist doch der allergrößte Unsinn«, schimpfte jemand. »Einfach durch meine Privatgemächer trampeln, also wirklich. Und mich jetzt auch noch durch diesen Schmutz hier zu zerren. *Uuuunverschämtheit.*« Die schrille Stimme kam aus dem langen Gang, der zum Kohlenkeller führte. »Es gibt *keine* Wäschetruhe und *keine* eingesperrte Wächterin und erst recht gibt es keine Gefangene im Keller«, kreischte die Person fast schon.

»Wir werden sehen«, antwortete jemand und ein ganzer Chor von Stimmen pflichtete ihm bei.

»Was jetzt?«, raunte Wanja.

»Die Lampe!«

Sam deutete auf die nackte Glühbirne, dann auf die Schaufel in Wanjas Hand. Mit einem schwungvollen Schlag löschte er das Licht.

Achtzehntes Kapitel,

in dem schwarze Geister auftauchen und jemand immer noch verschwunden ist

✳ ✳ ✳

Das Mädchen hatte die ganze Versammlung zuerst in sein Zimmer geführt. Es war ihm ein Grauen gewesen, diese Fremden durch seinen Zufluchtsort trampeln zu sehen. Alles grapschten sie an und bestaunten es.

Ein Risiko ging das Mädchen nicht ein, schließlich hatte es selbst gesehen, wie die Perchten die Kiste samt der Wächterin darin fortgetragen hatten.

Die Hoffnung, dass die weitere Suche im Haus nach diesem erfolglosen Herumstöbern im Allerheiligsten des Mädchens eingestellt würde, erwies sich als trügerisch. So schnell gab der Nikolaus nicht auf.

Auf dem Weg in den Kohlenkeller hatte das Mädchen sich vorsorglich mindestens zehn Ausreden einfallen lassen für das, was sie dort unten erwartete: Die Perchten hätten auf eigene Faust gehandelt; die Glatzköpfe probten den Aufstand und wollten restlos alle in den Keller sperren; das Christkind sei plötzlich verrückt geworden – und so weiter und so weiter.

Dem Mädchen war klar, dass ihm nichts aus der Patsche half. Im Kohlenkeller saß eines der berühmtesten und beliebtesten Wesen der ganzen Welt, und alle wussten: In diesem Haus tat niemand etwas ohne den Befehl der Herrin dieses Hauses.

Abstreiten, dachte das Mädchen, *du musst einfach alles abstreiten.*

»Auch das noch«, stöhnte es, als sie um die letzte Ecke bogen und eine der wenigen Funzeln, die hier unten überhaupt Licht spendeten, plötzlich ausging.

»Bitte schön, liebster Gevatter, hier haben wir den Kohlenkeller. Vielleicht hat jemand eine Taschenlampe zur Verfügung. Ich muss ein Hühnchen mit dem Hausmeister rupfen, dieses Haus ist wirklich in einem schlimmen Zustand.«

»Vielleicht kann ich aushelfen.« Santa Lucia drängelte sich nach vorne. »Falls jemand ein Streichholz hat?«

»Kertasníkir«, knurrte einer der isländischen Jólasveinar.

Sofort meldete sich sein Kollege. »Hier!«

Lucia zuckte zusammen.

Es war bekannt, dass Kertasníkir gerne Kerzen aller Art mitgehen ließ. Normalerweise erschien er jedoch erst am 24. Dezember, sodass für Lucias Kerzen an ihrem eigenen großen Tag keine Gefahr bestand.

Der Jólasveinar kramte geschäftig unter seiner Weste aus zotteligem Schafsfell herum, knurrte unzufrieden und brachte – wie dem Mädchen sofort auffiel – allerlei Kerzen und Stumpen zum Vorschein, die er im ganzen Haus hatte mitgehen lassen. Endlich zückte Kertasníkir ein Schächtelchen. »Eldspýtur«, rief er. »Äh … Zündhölzen.«

Das Mädchen seufzte.

Die Kerzen des Jólasveinar und Lucias Kranz auf dem Kopf reichten aus, um den ganzen Keller in den schönsten

Lichterglanz zu tauchen. Jetzt war das Mädchen geliefert. Mit hängenden Schultern stand es da und wartete darauf, was passieren würde.

Der Nikolaus forderte Lucia auf, näher zu treten, sodass der Kohlenkeller wirklich bis in den letzten Winkel ausgeleuchtet wurde. Ein Raunen ging durch die gesamte Gruppe der Anwesenden, als der Nikolaus sich herumdrehte und sagte: »Nichts.«

Sofort schnatterten die Wichtel durcheinander und die Hexe Befana drängte zum Aufbruch.

Das Mädchen hob den Kopf, der ihr in der Erwartung, entdeckt zu werden, bis auf die Brust gesunken war.

Nichts. Die Percht war wie vom Erdboden verschluckt.

Nichts?

Im ersten Moment traute das Mädchen seinen Ohren nicht.

Nichts. Kein Christkind lag da – vom Kohlenstaub verschmutzt, vielleicht sogar noch in einem der Säcke verschnürt.

Das Mädchen hatte sich nicht weiter darum gekümmert, was Boreslav mit seiner heiklen Fracht angefangen hatte. Den ganzen Weg hierher hatte es sich gewünscht, dass der Glatzkopf wenigstens einen Tisch und einen Stuhl hergebracht, dem Christkind wenigstens Wasser und Brot hingestellt hätte.

Das Mädchen schöpfte ein paar Mal Atem, bevor es mit zittriger Stimme sagte: »Nichts. Natürlich nichts. Habe ich es nicht die ganze Zeit gesagt. Eine unglaubliche Frechheit zu behaupten, *ich* hätte dieses von uns allen geliebte und geschätzte Wesen in den Kohlenkeller gesperrt.«

»Niemand hat behauptet, dass *du* das Christkind hier vor uns versteckt hast«, sagte die Hexe Befana.

Das Mädchen schluckte. Fast hätte es sich selbst verraten. Die Alte hatte recht. Keiner hatte bisher Anklage gegen es erhoben. Der Nikolaus hatte nur behauptet, das Christkind sei hier unten eingesperrt worden, mehr nicht.

Langsam gewann das Mädchen wieder die Fassung. Egal, was mit dem Christkind passiert war – es galt nun, vorsichtig zu sein. Jetzt musste es die Niederlage des Nikolaus für sich nutzen.

Die unglaublichen Anschuldigungen würden sich nun gegen ihn wenden. Keiner würde dem alten Besserwisser noch glauben. Da konnte er hundertmal mit seinem dicken Buch der Sünden und Verfehlungen kommen.

»Wenn ich dann alle wieder zum Versammlungstisch bitten darf«, sagte das Mädchen.

Die anderen Weihnachtsmächte traten zur Seite, die Menge der Wichtel und Weihnachtsmänner teilte sich und bot dem Mädchen einen Durchgang, den es mit erhobenem Haupt durchschreiten wollte, als in seinem Rücken jemand nieste.

»Haaaaa … haaaa … haaa – tschi!«, tönte es aus den Kohlen. Ein paar Brocken kullerten von dem schwarzen Haufen hinab.

»Gesundheit!«, sagte das Mädchen.

Der Nikolaus stand immer noch in dem Verschlag, aber er hob mit einer erstaunten Geste die Arme. Alle drehten sich wieder herum.

»Danke«, piepste es aus den Kohlen, und dann erschütterte ein weiteres heftiges Niesen den Haufen, der nun richtig in Fahrt geriet.

Eine rußige Wolke staubte auf. Alle wichen zurück, hielten sich den Ärmel vors Gesicht oder bedeckten die Nase und den Mund mit einem Tuch oder ihren Gewändern.

Zuerst lugte ein Paar Stiefel hervor, die dem Mädchen bekannt vorkamen. Die schwarzen Brocken verteilten sich jetzt auf dem Kellerboden. In den Stiefeln steckten Beine, ein Pullover war zu erkennen, strohblonde Haare leuchteten sogar durch die Kohlenschwärze, die sich überall verbreitete.

»Wen haben wir denn da?«, fragte Joulupukki, der sich als Erster hervorwagte, als sich der Kohlenstaub langsam lichtete.

»Jedenfalls nicht das Christkind!«, fauchte das Mädchen.

Neunzehntes Kapitel,

in dem Sam die rettende Idee hat

✳ ✳ ✳

Sam hatte das Gespräch nur dumpf durch die Kohlen, in die Wanja und sie sich gewühlt hatten, hören können. Allein dem schummrigen Kerzenlicht hatten sie es zu verdanken, dass sie nicht sofort erwischt worden waren.

Sams Niesen hatte aber alles zunichtegemacht.

Lange hätte sie sowieso nicht durchgehalten, weil sie in dem Berg Kohlen kaum Luft bekam. Nun rumpelten immer mehr Kohlebrocken runter. Neben Sam lugte ein Fuß von Wanja heraus.

Ein bärtiger Kauz mit einer Felljacke trat hervor und zog Wanja mit Schwung aus den Kohlen. Er stieß dabei ein paar Worte aus, die Sam nicht verstand.

»Schon gut, Kertasníkir«, beruhigte der Nikolaus ihn. »Das sind Sam und Wanja. Ich bitte um Verzeihung«, wandte er sich an Sam, »die isländischen Kollegen sind oft etwas ruppig.«

Sam schaute an sich hinab. Ihre Klamotten starrten vor Dreck, Kohlenstaub war ihr in die Nase gedrungen, sie spürte ihn auf der Zunge und ihre Augen tränten.

»Das sind Menschenkinder«, sagte die knorrige Frau, die wie eine Hexe aussah.

»Oje«, seufzte die junge Frau mit einem Lichterkranz aus Kerzen auf dem Kopf.

Das musste die heilige Lucia sein. Sam hatte sie schon einmal auf Bildern gesehen.

»Da brat mir einer einen Elch«, murmelte einer der Weihnachtsmänner. »Das gibt Ärger.«

»Ausnahmsweise bin ich einer Meinung mit dir. Gewaltigen Ärger sogar!« Das Mädchen, das Sam und Wanja am Eingang zu der großen Scheune gesehen hatten, als es den Schlitten mit den Wölfen in Empfang nahm, trat hervor. »Dafür hätten wir alle gerne eine Erklärung. Auch du, lieber Nikolaus, weißt, dass der Zugang zu unserer Welt für Kinder strengstens verboten ist. – Wie kommt ihr also hier herein?«, blaffte das Mädchen Sam an.

Bevor Sam antworten konnte, sagte der Nikolaus: »Der Junge ist der neue Lehrling für den Posten des Wächters. Er ist der Enkel von Agnes Wolke.«

Ein Raunen ging durch die Gruppe der Gestalten. Jetzt reckten alle die Hälse, um besser sehen zu können, aber der Nikolaus schlug vor, alles Weitere im sehr viel gemütlicheren Saal oben, an dem großen Kamin, zu besprechen.

Als sich endlich alle dort eingefunden hatten, erkannte Sam die vielen Weihnachtsmänner, die kleinen Wichtel, allerlei Gestalten, die große Ähnlichkeiten mit den Perchten hatten. Die Diener mit den Glatzköpfen huschten herum und servierten Getränke.

»Joulumuori, meine Liebste«, sagte einer der Weihnachtsmänner zu der Frau neben ihm, »haben wir nicht noch eine Stärkung für die Kinder?«

»Aber sicher, mein liebster Joulupukki«, gab die Frau zurück. »Ein paar Weihnachtsplätzchen und ein bisschen Johannisbeer-Punsch haben wir immer übrig.« Sie schob Sam eine Blechdose mit Zimtsternen und Vanillekipferln zu und die Glatzköpfe schenkten ihnen eine dampfende, rote Flüssigkeit ein.

Ein sehr stattlicher Herr trat vor. An seine Seite schmiegte sich ein Mädchen. Er sprach Russisch mit Wanja. »Das sind Väterchen Frost und seine Enkelin«, erklärte Wanja ehrfurchtsvoll. »Er kommt aus Russland.«

»Das ist doch ganz egal, wer hier woher kommt«, ging das Mädchen, das den Vorsitz über diese Versammlung zu haben schien, dazwischen. Es packte Sam bei den Schultern und schüttelte sie bei jeder Silbe durch. »Alle Behauptungen und Verdächtigungen haben sich in Luft ... besser gesagt in Kohlenstaub aufgelöst«, schimpfte das Mädchen weiter. »Kein Christkind weit und breit, stattdessen Kinder, die nicht hierher gehören.«

Sam wurde vor lauter Rüttelei fast schwindlig. Trotzdem nahm sie all ihren Mut zusammen und befreite sich vom harten Griff des Mädchens. »Der Mann mit dem roten Anzug hat das Christkind entführt!«, rief Sam.

Einen Augenblick lang herrschte völlige Stille. Die anwesenden Weihnachtsmänner schauten an sich hinab.

»Nein, keiner von euch«, sagte Sam, als sie die erschreckten Gesichter einiger der Männer in ihren roten Anzügen sah. Sie berichtete von Rey Zebos, dem großen Auto und dass er mit dem Mädchen unter einer Decke steckte. »Zeig die Mütze«, forderte Sam Wanja auf.

Wanja zog die karierte Mütze mit dem Fell unter seinem Pullover hervor.

»Eine Mütze!«, kreischte das Mädchen. »Was beweist denn dieses Zottelding?«

Es schnappte sich die Mütze, bevor der Nikolaus danach greifen konnte, und rief nach seinem Diener. »Boreslav! Schaff das weg!«

Aus dem Dunkel neben dem Kamin trat einer der Glatzköpfe hervor. Er nahm die Mütze und wollte sich schnell wieder verdrücken, aber Sam hatte ihn erkannt.

Es war der Glatzkopf in dem schwarzen Anzug.

»Das ist er!«, riefen Sam und Wanja fast gleichzeitig.

»Wer?«, fragte der Nikolaus.

»Er hat den Schlitten gelenkt und den Sack auf ihren Befehl hin weggetragen.«

Sam zeigte zuerst auf den Glatzkopf und dann auf das Mädchen. Das Mädchen schnappte nach Luft. Der Glatzkopf knetete die Mütze in seinen Händen und schaute zu Boden. Die Versammlungsteilnehmer redeten durcheinander, bis der Nikolaus mehrmals um Ruhe bat.

»Was war in dem Sack?«, fragte der Nikolaus den Glatzkopf mit der schwarzen Uniform.

»Das Christkind«, murmelte dieser.

Er suchte den Blick des Mädchens, aber das verbarg sein Gesicht in den Händen. Als es wieder in die Runde blickte, liefen Tränen über sein Gesicht.

»Ich hatte es satt, immer nur hier in diesem Gemäuer zu hocken und das Haus für euch alle zu hüten, eure schmutzige Wäsche zu waschen und den Kamin für euch zu heizen«, schluchzte das Mädchen zuerst, dann aber wurde es wütend. »Keiner von euch hat mir angeboten, wenigstens einmal, eine einzige Weihnacht, die Geschenke bringen zu dürfen. Du Befana? Hättest du hier nicht mal alles in Ordnung halten können? Oder Joulupukki? Wenigstens ein paar von deinen Wichteln hätten hier wirbeln können, während ich mit den Rentieren und dem Schlitten auch mal eine Runde drehe.«

Frau Joulumuori spitzte empört die Lippen, aber das Mädchen ließ sie gar nicht zu Wort kommen.

»Ich wollte das Weihnachtsfest doch eigentlich gar nicht abschaffen, aber dann kam dieser Mister Zebos, und seine Versprechungen waren so … so …«, das Mädchen suchte nach den richtigen Worten, »… so zauberhaft!«

»Geld hat er dir geboten, das ist alles«, sagte der Nikolaus. »Diese Heuschrecken glauben doch, sie könnten sich alles und jeden unter den Nagel reißen!«

Einige der Weihnachtsgestalten schauten verdattert. »Heuschrecken?«, fragte die Hexe Befana. »Was haben denn diese Viecher damit zu tun.«

Sam hatte diese Bezeichnung schon einmal bei ihrem Vater gehört. »Superreiche Leute, die alles kaufen können, was sie wollen, und am Ende machen sie alles kaputt.«

»Genau. Sogar Weihnachten!«, pflichtete der Nikolaus Sam bei.

»Den Kindern wäre es doch gar nicht aufgefallen. Sie hätten doch alle ihre Geschenke weiterhin bekommen! Bessere Geschenke, größere Geschenke, mehr Geschenke. Geschenke, von denen die Kinder gar nicht wissen, dass man sie sich wünschen kann!« Das Mädchen ließ sich wieder auf seinen Stuhl fallen. »Ich wollte dem Christkind doch gar nichts antun. Es musste nur für ein paar Stunden verschwinden, bis wir die Sache hier beschlossen hätten. Ich wusste doch, dass ihr weihnachtsseligen Idioten niemals mitgemacht hättet, wenn das Christkind dagegen gewesen wäre.«

Der Nikolaus unterbrach das Mädchen. »Soso … Sie hat dir also befohlen, das Christkind zu entführen und es in den Kohlenkeller zu sperren, Boreslav?«, fragte der Nikolaus den Glatzkopf in der schwarzen Uniform.

Der Diener stand zerknirscht vor der ganzen Versammlung. Er nickte.

»Und das hast du auch getan?«

Wieder nickte Boreslav.

»Aber wo ist denn dann das Christkind?«, fragte Sam unruhig.

»Und wo ist meine Großmutter?«, fragte Wanja.

»Das Mädchen hat sie im Sankt-Maria-und-Josef-Krankenhaus abliefern lassen«, sagte der Glatzkopf. »In dieser speziellen Abteilung.« Er senkte seinen Blick.

»Da ist sie in Sicherheit«, beruhigte Sam Wanja. »Meine Mama holt sie da raus!«

»Wo ist das Christkind?«, fragte der Nikolaus.

Der Diener des Mädchens brummelte eine Antwort, die keiner verstand.

»Wie bitte?«, fragte der Nikolaus nun mit drohendem Unterton in der Stimme.

»Das Christkind ist im Kofferraum von Mister Zebos' Auto.«

Der Diener hatte das Christkind kurzerhand an Rey Zebos verkauft. Er hatte es zwar auftragsgemäß zuerst in den Kohlenkeller gebracht. Zebos war ihm jedoch heimlich gefolgt und hatte Boreslav versprochen, ihn mit nach Amerika zu nehmen, wenn das Geschäft unter Dach und Fach gebracht worden war.

Ein Tumult brach aus. Alle sprangen auf und redeten aufgeregt durcheinander. Ein paar der isländischen Jólasveinar wollten dem Glatzkopf an den Kragen gehen, aber der Nikolaus konnte sie gerade noch zurückhalten.

»Hört auf!«, rief Sam. »Wir dürfen keine Zeit mehr verlieren. Wir müssen Zebos finden!«

Letztes Kapitel,

in dem ein paar Rentiere zeigen, was sie können, und am Ende eine Mutter ziemlich erleichtert ist

Es hatte eine knappe halbe Stunde in Anspruch genommen, bis der finnische Schlitten startklar war. Zunächst brach ein Streit darüber aus, wer über das schnellste Gespann verfügte. Schließlich einigten die Weihnachtsmänner sich auf die Rentiere von Joulupukki und den Schlitten von Väterchen Frost.

Zum einen stand dieser ganz vorne in der Remise und war nicht so zugeparkt wie die anderen. Außerdem bot er am meisten Platz, denn außer Sam und Wanja bestand die Gruppe der Verfolger aus dem Nikolaus, der heiligen Lucia, dem österreichischen Krampus und natürlich Väterchen Frost und Joulupukki, der das Gespann lenken sollte.

Die Hexe Befana bildete auf ihrem Besen die Vorhut. Einmal im Leben wollte sie nicht zu spät kommen, sondern sogar die erste von allen sein.

»Und wenn ihr gesehen werdet?«, fragte Joulumuori, die Frau des finnischen Weihnachtsmannes.

»Das ist ein Notfall«, erwiderte der Nikolaus. »Wir müssen das Risiko eingehen.«

»Es ist kein Mensch auf den Straßen«, sagte Sam. »Viel zu viel Schnee.«

Außerdem war es nun mitten in der Nacht. Bis auf ein paar wenige Leute schlief die ganze Stadt. Zu diesen paar wenigen Leuten gehörte auch ihre Mutter, dachte Sam. Hoffentlich hatte sie im Krankenhaus so viel zu tun, dass sie keine Zeit hatte, sich um Sam zu sorgen. Die Nachtschicht endete um fünf Uhr morgens, das wusste Sam. Wenn sie bis dahin nicht zu Hause war und ihre Mutter sie nicht bei Frau Wolke fand …

Sam konnte den Gedanken nicht zu Ende bringen.

Ein paar der Glatzköpfe bugsierten den Schlitten aus der Scheune.

»Wow!«, entfuhr es Wanja, als die Rentiere ebenfalls nach draußen gebracht und angespannt wurden. »Darf ich sie anfassen?«, fragte er, aber Joulupukki schüttelte den Kopf.

»Jetzt besser nicht. Wir wollen sie nicht nervös machen«, sagte er. »Ab in den Schlitten.«

Sam spürte, wie aufgeregt die Tiere waren.

»Seid ihr bereit?«, fragte Joulupukki.

Er saß vorne auf dem Bock, neben ihm der Krampus. Einen furchterregenden Krampus dabeizuhaben, war immer gut, falls einigen Leuten ein bisschen Angst eingeflößt werden musste.

Hinten hatten der Nikolaus und Väterchen Frost Platz genommen.

Santa Lucia winkte Sam und Wanja zu sich auf die zweite Sitzbank. Die beiden stiegen ebenfalls in den Schlitten.

Unter der schweren Felldecke, die Joulumuori über ihren Schoß legte, griff Sam nach Wanjas Hand. Sie schauten sich in die Augen, und im nächsten Moment ging ein Ruck durch das ganze Gefährt. Joulupukki ließ die Peitsche in seiner linken Hand knallen, mit der rechten hielt er die Zügel. Mit ein paar finnischen Worten trieb er die Rentiere an.

Die Kufen knirschten auf dem Schnee. Geschickt bugsierte Joulupukki den Schlitten durch den hinteren Garten von Agnes Wolkes Haus, drehte eine Runde darum, und schon spürte Sam, wie sich eine ungewohnte Leichtigkeit in ihrem ganzen Körper ausbreitete. Jetzt kribbelte es nicht nur im Bauch, sondern überall.

»Wir … wir … wir …«

Sam konnte es kaum aussprechen, aber ein Blick nach unten verwehte jeden Zweifel. Der Schlitten schwebte über die alte Villa, legte sich in die Kurve und sauste auch schon der Straße folgend davon.

»Wir fliegen«, flüsterte Sam.

Die Stadt lag immer noch in totaler Dunkelheit. Ihr eigenes Haus und den kleinen Vorgarten konnte Sam aus der Höhe kaum erkennen. Zudem düsten sie viel zu schnell dahin.

Väterchen Frost murrte: »Mir wird schlecht, wenn ich nicht selbst lenke.« Santa Lucia rief »Hui!«, als der Fahrtwind die Kerzen in ihrem Lichterkranz zum Erlöschen brachte. Der Bart des Nikolaus flatterte in alle Richtungen. Wanja zog die Felldecke bis hoch zum Kinn.

»In welche Richtung soll's gehen?«, rief Joulupukki gegen den Fahrtwind.

Alle schauten sich ratlos an.

Sam überlegte einen kurzen Moment. Es gab nur eine Möglichkeit. »Da lang!«, rief sie und zeigte nach rechts. »Zum Flughafen.«

Zebos würde das Christkind so schnell wie möglich außer Landes bringen wollen, und das ging am schnellsten mit einem Flugzeug. Bis zum Flughafen waren es mindestens hundert Kilometer. Der Vorsprung des Entführers war noch nicht so groß.

»Wenn wir Glück haben, ist der Flughafen gesperrt«, sagte Wanja.

Joulupukki rief ein finnisches Wort, wieder schnalzte die Peitsche in der Luft und die Rentiere änderten die Richtung. Das Gespann legte sich in eine scharfe Kurve. Alle klammerten sich fest.

»Keine Sorge«, jauchzte Joulupukki. »Ich habe noch nie einen Unfall gebaut. Toller Schlitten übrigens«, fügte er noch mit einem anerkennenden Blick auf Väterchen Frost hinzu. Der knurrte etwas auf Russisch, was nicht sehr nett klang.

Kurze Zeit später sahen sie im Schneetreiben die Lande- und Startbahnen des Flughafens.

»Da!«, rief der Krampus auf dem Beifahrersitz.

Der Flughafen war zwar beleuchtet, dafür sorgten Geräte, die im Notfall die Versorgung mit Strom übernahmen. Jedoch rührte sich kein einziges Flugzeug.

»Sie dürfen nicht starten und landen«, rief Sam.

In der Mitte des Flughafens stand der Kontrollturm, in dem die Lotsen saßen, die den Piloten in den Flugzeugen die Anweisungen für den Flugverkehr gaben. Rundherum befanden sich die Gebäude zur Abfertigung der Fluggäste, etwas weiter entfernt die großen Parkhäuser und dahinter der Bereich, wo die großen Jumbos entladen wurden, die Waren aus aller Welt anlieferten. Sam hatte mit ihrer Mutter schon oft ihren Vater abgeholt, wenn er von einer seiner Geschäftsreisen zurückkam. Von oben hatte sie das alles aber noch nie gesehen.

»Wie sollen wir hier jemanden finden?«, fragte Wanja.

Sam zweifelte ebenfalls daran, dass sie in diesem Gewirr und Gewimmel jemand aufspüren konnten. Sogar wenn er einen auffälligen roten Anzug trug und einen Jutesack mit sich schleppte. Sie wussten zwar, dass alle Gepäckstücke der Passagiere genau geprüft und sogar mit einer Maschine durchleuchtet wurden. So leicht würde Zebos das Christkind also nicht durch die Sicherheitskontrollen schmuggeln können. Andererseits fragte Sam sich, ob Röntgenstrahlen das Christkind überhaupt sichtbar machen würden.

»Soll ich landen?«, fragte Joulupukki.

Er drehte schon die dritte Runde über das weitläufige Gelände. Obwohl sich alle Sorgen um das Christkind machten, war der Finne bester Laune. Es bereitete ihm erkennbar Vergnügen, seinen Kollegen zu zeigen, was für ein hervorragender Schlittenlenker er war.

»Weihnachtsmann an Tower«, rief er mit schnarrender Stimme. Er ahmte den Funkverkehr zwischen dem Cockpit der Maschinen und den Leuten von der Flugsicherung nach. »Erbitte Landeerlaubnis, over and out!« Aber er hielt den Schlitten noch in der Luft.

Plötzlich sah Sam die knallblau lackierten Jumbojets neben den Frachthallen. Um ihre dicken Leiber schlang sich jeweils eine Schleife, die natürlich nur aus roter Lackfarbe bestand, und auf das hoch aufragende hintere Leitwerk war ein lachender Mann im roten Anzug mit schneeweißen Haaren aufgemalt: Rey Zebos in Überlebensgröße.

Die Flugzeuge sahen aus wie die Pakete im Hausflur, nur viel größer und nicht rechteckig: HIER DRIN IST DAS GLÜCK ODER DU SCHICKST ES ZURÜCK. REY ZEBOS MACHT'S MÖGLICH.

Wahrscheinlich lud gerade einer die Kartons mit den Schuhen oder den Pullovern, die Sams Mutter bestellt hatte, in eines dieser Flugzeuge von Rey Zebos. HEUTE GEWÜNSCHT, GESTERN GEBRACHT: ZEBOS MACHT KINDERTRÄUME WAHR – VERSANDKOSTENFREI. So lautete einer der Werbesprüche von Zebos.

»Zurück!«, schrie Sam.

Alle starrten sie an. Joulupukki war schon wieder auf der nächsten Runde um das Flughafengebäude. Mittlerweile starrten aus den riesigen verglasten Hallen des Abflugbereichs Leute hinaus. Sie zeigten in den Himmel, und dort konnten sie gerade nur ein fliegendes Objekt sehen.

»Wohin *zurück*?«, wollte Joulupukki wissen.

»Zu den blauen Flugzeugen, dort!« Sam deutete auf sie.

Joulupukki drehte die nächste haarscharfe Kurve, kam dabei aber dem Tower zu nahe.

»Oooo…«, schrie Väterchen Frost. Er war ganz grün im Gesicht.

»… hoooo«, stimmte Santa Lucia ein.

»Und das in meinem Alter«, seufzte der Nikolaus.

Der Schlitten flog direkt auf die Scheiben zu, hinter denen die Fluglotsen hinter ihren Schaltpulten in Deckung gingen.

»Saaaaam!«, schrie Wanja. Er sprang auf, um ihre Hand zu greifen, aber er kam zu spät.

Sam war durch die plötzliche Wende des Schlittens hoch- und vom Sitz hinuntergeschleudert worden. Sie rutschte über den offenen Ausstieg.

»Wanjaaaa, Hilfe«, gellte es aus ihrer Kehle.

Für den Bruchteil einer Sekunde schwebte Sam frei in der Luft.

Unter ihr das Flughafengebäude, mindestens in zwanzig Meter Tiefe. Rings um sie Schneeflocken, die sich in diesem Augenblick in Zeitlupe zu bewegen schienen. Es war ein Gefühl wie bei den Figuren in einem Zeichentrickfilm, die über eine Schlucht hinausrasten und dann erst merkten, dass sie keinen Boden mehr unter den Füßen hatten. Kurz hingen sie in der Luft, und dann sausten sie hinab, schlugen ein tiefes Loch in den Boden und kamen doch wieder zu sich – mit Sternchen, die um ihren Kopf schwebten.

Aber das hier war kein Zeichentrickfilm.

Sam kniff die Augen zu und wartete auf den schrecklichen Aufprall.

Sam wunderte sich. *Eigentlich müsste ich längst unten angekommen sein*, dachte sie. Weil der Sturz sehr tief war und so eine Landebahn sehr hart, würde sie wahrscheinlich im selben Moment, in dem sie unten aufschlug, auch wieder nach oben steigen – in den Himmel.

Nichts davon passierte.

»Da bin ich aber gerade eben noch rechtzeitig gekommen«, sagte eine etwas knarzige Stimme und stieß einen Jubelschrei aus.

Sam spürte, wie ihr der Wind die Haare zerzauste. Schneeflocken landeten auf ihrer Nase. Eine knorrige Hand umschlang ihren Bauch. Sie traute sich, die Augen zu öffnen, um sie dann aber geschwind wieder zu schließen. Auch beim zweiten Versuch sah sie jedoch genau dasselbe: eine Hexe. Auf einem Besen. Der Besen flog.

Die Hexe Befana. Sie hatte sich vor dem Schlitten auf den Weg gemacht, war dann aber nicht wieder aufgetaucht.

»Ich hatte mich ein bisschen verflogen«, sagte sie. »Aber es ist ja noch einmal gut gegangen.«

Sie lenkte ihren Besen ein wenig nach oben. Die Kufen des Schlittens erschienen, dann der Sitz und der Bock, auf dem Joulupukki mit eingezogenen Schultern saß. »Das ist mir wirklich noch nie passiert«, entschuldigte er sich. »Ich bitte tausendmal um Verzeihung und – «

»Papperlapapp«, unterbrach ihn der Nikolaus. »Darüber kannst du dich später grämen. Wir müssen dort unten hin!«

»Nicht, dass wir zu spät kommen«, fügte die Hexe Befana hinzu.

Fast gleichzeitig setzten ihr Besen und der Schlitten zur Landung an. Vorsichtig und lautlos brachte Joulupukki die Rentiere genau an der offenen Ladeklappe eines der Jumbojets zum Stehen. Das große schwarze Auto von Rey Zebos stand bereits im Frachtraum.

Ein Arbeiter sicherte das Fahrzeug gerade.

Wanja sprang als Erster aus dem Schlitten. Ohne ein Wort zu sagen, schlang er die Arme um Sam und drückte sie fest an sich. Ein bisschen verlegen ließ er sie schnell wieder los.

»Soll das Ding auch noch verladen werden?«, fragte der Arbeiter. Er zeigte auf den Schlitten. »Das Viehzeug kann ich aber nur mit Sondergenehmigung reinlassen.«

»Ich muss doch sehr bitten!«, sagte Joulupukki. »Das ist kein Viehzeug. Es handelt sich um die schnellsten Rentiere der Welt. Erstklassige finnische Zucht, der Urgroßvater von Joulanda –«

Der Nikolaus legte die Hand auf die Schulter des finnischen Weihnachtsmannes und schob ihn behutsam zur Seite. »Lieber Kollege, für einen ausführlichen Vortrag über die Abstammung deiner wunderbaren Tiere ist im Moment leider keine Zeit.« Er wandte sich dem Arbeiter zu, dem jetzt erst auffiel, was für eine sonderbare Gesellschaft mit diesem Schlitten eingetroffen war.

»Ist das hier ein verfrühter Karnevalsscherz? Oder seid ihr von der Weihnachtsfeier des Flughafendirektors weggelaufen?«, fragte der Arbeiter und lachte. »Ihr seid mir vielleicht ein verrückter Haufen!« Er zupfte am Gewand des Nikolaus. »Sie könnten heute Abend mal bei uns zu Hause vorbeikommen. Heute ist doch der 6. Dezember. Sonst spielt mein Schwager immer den Nikolaus, aber letztes Jahr haben meine Kleinen ihn erkannt. Er sah auch nicht so echt aus wie Sie, das muss ich zugeben.«

Sam drängelte sich nach vorne. »Wir suchen das Christkind.«

Der Arbeiter lachte wieder. »Ein verrückter Haufen, ich sag es doch!«, rief er aus. »Das Christkind? Hier? Auf dem Flughafen? Bringt das jetzt die Geschenke mit dem Jet von diesem Typ, diesem Zebos?« Der Mann bekam kaum noch Luft vor Lachen. Er schlug sich auf die Schenkel, Tränen liefen ihm aus den Augen.

»Komm!« Sam stieß Wanja in die Seite. Sollte der Kerl sich doch kaputtlachen!

Wanja zögerte einen kleinen Moment, dann folgte er Sam, die die Rampe zum Frachtraum des Flugzeugs hinaufkletterte.

Der Arbeiter brauchte ein paar Augenblicke, bis er mitbekam, dass die beiden Kinder einfach in das Flugzeug marschierten. Er wollte ihnen folgen, aber Santa Lucia stellte sich ihm in den Weg.

»Haben Sie vielleicht Feuer?«, fragte sie. »Meine Kerzen sind ausgegangen.« Sie zeigte auf ihren Lichterkranz.

»Schnell«, zischte Sam.

Sie hatten das Auto erreicht, aber der Kofferraumdeckel ließ sich nicht öffnen.

»Wir brauchen einen Schlüssel«, sagte Wanja.

»Hey, was macht ihr denn da?«, rief der Arbeiter.

Er wollte Lucia zur Seite schieben, aber die ließ sich nicht so leicht abwimmeln und bot ihm strahlend von ihren Lussekatter an.

Sam lief um die Limousine herum und rüttelte an der Fahrertür. Sie war unverschlossen. Im Auto ihres Vaters gab es einen Schalter, mit dem man die Klappe des Kofferraums öffnen konnte. Dieser Luxusschlitten hatte jedoch ungefähr hundert Knöpfe und Tasten. Sam drückte einen nach dem anderen.

Der Arbeiter schnappte sich das Weihnachtsgebäck, aber gleichzeitig gelang es ihm, Lucia abzuschütteln. Fast hatte er schon die Laderampe erreicht, als der Nikolaus rief: »Wie lautet denn Ihre Adresse? Ich komme selbstverständlich sehr gerne heute Abend zu Ihren Kindern!«

Der Arbeiter stoppte und drehte sich um. »Wirklich? Das würden Sie tun?«

»Das ist mein Job«, antwortete der Nikolaus.

»Autsch!«, hörte Sam jemand laut rufen. »Wanja?« Sam sprang aus dem Wagen.

Wanja hielt sich die Nase. Der Kofferraumdeckel hatte sich beim ungefähr zwanzigsten Schalter, den Sam gedrückt hatte, geöffnet. Mit Schwung hatte er Wanjas Nase getroffen.

»Stopp!«, rief der Arbeiter, aber er konnte die ganze Gesellschaft nicht mehr aufhalten.

Allesamt stürmten sie geschwind die Laderampe hinauf. Sogar Väterchen Frost, der von der chaotischen Schlittenfahrt immer noch ganz wackelig auf den Beinen war, folgte den anderen mit wankenden Schritten.

Der Kofferraum stand offen. Eine kleine Lampe beleuchtete den Inhalt.

Sam erkannte die reglose Gestalt darin sofort. »HIER DRIN IST DAS GLÜCK ODER DU SCHICKST ES ZURÜCK«, sagte Sam.

»Den schicken wir lieber zurück«, sagte Wanja.

Die Gestalt im Kofferraum stöhnte.

»Er wacht auf«, sagte der Nikolaus.

Der Mann reckte sich, er tastete seine Stirn ab, an der bereits eine dicke Beule wuchs. Als er die Gesichter der ganzen Schar sah, die ihn begutachtete, setzte er sich auf und stieß sich dabei den Kopf heftig an der Kante des Kofferraums. »Aua«, schrie er und sank zurück.

Es war Rey Zebos.

»Mister Zebos«, fragte Sam, »können wir Ihnen helfen?«

Jetzt erhob sich der Mann im roten Anzug noch einmal ganz vorsichtig, kletterte dann aus dem Kofferraum und setzte sich auf die Stoßstange. Er tastete nach der Beule an seinem Kopf und verzog wieder das Gesicht.

»Unglaublich«, sagte er dann. »Es ist einfach unglaublich. Dieses Biest hat mich niedergeschlagen. Da tut es, als könne es keiner Fliege etwas antun, und *zack* ...«

»Von wem reden Sie?«, fragte der Nikolaus ungeduldig.

»Vom Christkind«, antwortete Zebos. »Von wem denn sonst?«

»Er lügt«, sagte Sam.

»Unmöglich«, sagte der Nikolaus.

»Das glaubt doch keiner«, sagte Joulupukki.

»Nehmen Sie das sofort zurück!«, sagte Väterchen Frost.

Alle anderen schüttelten ungläubig den Kopf.

»Es war ein Unfall«, meldete sich eine zarte Stimme zu Wort. Die Worte umspielte ein ganz leises Glockenklingen.

Augenblicklich waren alle still, nur Rey Zebos ächzte und stöhnte noch leise.

Sam schaute sich um. Wer hatte da gesprochen?

Wieder hob die Stimme an: »Ich wollte dem Herrn nicht wehtun.«

Die Worte kamen aus der Tiefe des Frachtraums. Sie waren sehr zart, aber doch gleichzeitig deutlich zu verstehen. Fast schien es Sam, als klinge die Stimme direkt in ihrem Kopf.

»Halleluja!«, rief der Nikolaus. »Wir hatten uns schon arge Sorgen um dich gemacht. Darf ich vorstellen«, sagte der Nikolaus. »Das Christkind.«

Die Gestalt trat aus der Dunkelheit hervor.

Sam flimmerte es in den Augen. Sie konnte das Christkind nicht direkt anschauen. Es warf gar keinen hellen Schein, aber doch strahlte es so, dass es die Pupillen nicht ertrugen.

»Wo hast du denn deinen Mantel gelassen«, hörte Sam die Stimme des Nikolaus. »Du holst dir ja den Tod.«

Sam blinzelte und sah, dass das Christkind nur mit einem zarten weißen Gewand aus schimmerndem Stoff bekleidet war. Schnell huschte Sam zum Schlitten und holte eine der dicken Decken. Einen Ton brachte Sam nicht raus. Sie hielt dem Christkind die Decke einfach hin und es hüllte sich hinein.

Der Nikolaus scheuchte alle zurück in den Schlitten. »Viel Zeit haben wir nicht mehr, denn bald geht die Sonne auf. Los geht's!«, befahl er.

Trotzdem zügelte Joulupukki die Rentiere auf dem Rückweg, sodass sie in einem gemächlicheren Tempo vorankamen, niemand herausfallen konnte und auch keinem übel wurde.

Wanja brachte kaum ein Wort hervor und auch Sam hatte es die Sprache verschlagen.

Das Christkind erzählte ihnen, wie Zebos es aus dem Kohlenkeller geholt und in seinen Kofferraum gepackt hatte. Als er das Auto in den Frachtraum des Flugzeugs gefahren und den Kofferraum geöffnet hatte, hatte das Christkind die erste Gelegenheit genutzt, hinauszuspringen und sich zu verstecken. Leider war der Deckel des Kofferraums dabei heruntergefallen und hatte Zebos k. o. geschlagen.

»Es tut mir wirklich schrecklich leid!«, beteuerte das Christkind, aber alle waren der Meinung, dass es dem hinterhältigen Entführer ganz recht geschehen war.

»Es ist nur eine kleine Beule«, sagte Joulupukki.

»Eine große Beule wäre besser gewesen«, murmelte Väterchen Frost und zog sich einen strafenden Blick der anderen zu.

❄

Als sie Sams Haus erreichten, strahlte im Garten der Schlitten mit den Rentieren und dem Weihnachtsmann, an dessen Nase eine Lampe defekt war. Fast alle Fenster waren ebenfalls hell erleuchtet.

»Der Strom ist wieder da«, sagte Wanja.

Sam nickte. Wahrscheinlich würde nun alle zwei Minuten das Telefon klingeln. Oder ihre Mutter stand schon vor der Tür, denn die Nachtschicht war sowieso fast vorbei.

Joulupukki stoppte den Schlitten direkt vor dem Haus. Der Nikolaus stieg als Erster aus und half zuerst dem Christkind und dann Sam aus dem Schlitten.

Das Christkind fasste Sam an beiden Händen und drückte sie. »Ich muss mich bei dir und deinem Freund bedanken. Und ich muss euch ein Versprechen abnehmen. Niemand hat jemals das Christkind gesehen. Natürlich ahnt kein Mensch etwas von all dem, was ihr heute Nacht erlebt habt. Und ihr müsst mir versprechen, dass es unser Geheimnis bleibt?!«

»Ich verspreche es«, sagten Sam und Wanja wie aus einem Mund. Das Christkind und der Nikolaus bestiegen wieder den Schlitten. Joulupukki ließ die Peitsche schnalzen und wie davongezaubert verschwand das Gespann. Einen Satz glaubte Sam noch zu hören, etwas wie: »... *und dass du mir nicht nach den Weihnachtsgeschenken suchst ...*«

Sam lächelte, hob den Arm und winkte. Wanja wedelte gleich mit beiden Armen.

»Huhuuuu«, hörte sie da jemand rufen. »Oh, Kleines! Sam!«

Sam drehte sich um.

Sams Mutter kämpfte sich durch den Schnee. Wanjas Großmutter hatte sich bei ihr eingehakt. Sie konnte kaum Schritt halten, sodass Sams Mutter ein bisschen brauchte, bis sie ihre Tochter endlich am Gartentor in die Arme schließen konnte.

»Was stehst du hier draußen rum? Der Strom ist überall ausgefallen. Ich habe mir solche Sorgen gemacht, und dann kam noch Frau Wolke …« Es sprudelte nur so aus ihr heraus. Sie quetschte Sam dabei so fest an sich, dass sie kaum Luft bekam.

Aus dem Augenwinkel konnte Sam jedoch sehen, wie Frau Wolke und Wanja miteinander tuschelten. Als ihre Mutter sie endlich losgelassen hatte, zwinkerte Frau Wolke Sam zu und legte den Zeigefinger einmal schnell und unauffällig auf die Lippen. Wanja grinste.

»Ach, die Kinder sind doch schon groß«, sagte Frau Wolke. »Die haben gut aufeinander aufgepasst. Stimmt's?«

Wanja und Sam nickten eifrig.

Sams Mutter schaute zu Wanja, dann zu Sam. »Na, ich weiß nicht. Da ist so etwas um eure Nasenspitzen …« Erst jetzt fiel ihr auf, dass die Kinder ganz voller Ruß waren.

»Alles bestens«, beteuerte Wanja, »nur im Kohlenkeller hatten wir ein bisschen Ärger.«

Sam kicherte. »Guck mal, Mama«, lenkte sie schnell vom Thema ab. »Unserem Weihnachtsmann fehlen ein paar Glühbirnen an der Nase«, sagte sie und zeigte auf das leuchtende Gespann im Garten.

»Oh«, sagte ihre Mutter. »Ein Weihnachtsmann ohne Nase, das geht ja gar nicht!«

ENDE

DER AUTOR

© Sybille Pietrek

Frank M. Reifenberg absolvierte eine Ausbildung zum Buch-
händler und arbeitete danach als Presse- und Öffentlichkeits-
referent. Er besuchte die internationale filmschule köln und
schreibt seit dem Jahr 2000 Romane und Drehbücher. Seit
2008 engagiert er sich in der Leseförderung von Jungen, ver-
anstaltet zu diesem Thema Seminare, Vorträge für Multipli-
katoren und Workshops nur für Jungen. Die Universität zu
Köln berief ihn als Lehrbeauftragten für die Leseanimation
von Jungen. 2012 wurde er vom Luxemburger »Centre natio-
nal de littérature« mit einem Stipendium ausgezeichnet.

ISBN 978-3-8458-0844-4

Eine unglaubliche Familie zieht um!

Das gruselschöne Schloss der Schockingers thront stolz auf dem
Nebelhügel, bis es sich eines Tages –*POFF*– in Luft auflöst. Die schräge
Familie braucht dringend ein neues Zuhause und landet in einer öden
Reihenhaussiedlung. Das ist Sohn Henry nur recht, denn er wäre
nichts lieber als stinknormal. Aber als Schockinger-Sprössling mit
Hang zum Unsichtbarwerden ist das gar nicht so einfach …

Auch zu bestellen unter www.arsedition.de